# 灼視線《ねっしせん》

二重螺旋外伝

Rieko Yoshihara
吉原理恵子

Niju-Rasen Gaiden

Nesshisen

Contents

カバー・口絵・本文イラスト／円陣闇丸

# 追憶

Niju-Rasen Gaiden

Nesshisen

その昔。

実母の葬儀で。

火葬にされてまだ熱をもったまま冷め切らない遺骨をひとつひとつ拾い上げて骨壺《こつつぼ》に収めながら、篠宮雅紀《しのみやまさき》は思った。死んだ理由や経緯はどうであれ、肉体というズッシリ重い軛《くびき》から解放されて、これで本当に母親は楽になれたのかもしれないと。ただの感傷などではなく、本音で。

――あるいは。

そうとでも思わなければ、やりきれなかっただけなのかもしれない。自分たちは置いていかれたのだと認めるのが嫌で。

かつて。自分たちは、父親には要らなくなったゴミクズのように捨てられた。

なのに。今また、母親にも同じことをされた。今度は、永遠《とわ》の別れになった。そう思いたくない一心だったかもしれない。

母親の死。

蒼白《そうはく》な死に顔はリアルに生々しかったが、ある意味、現実感は乏しかった。いきなり、突然、死という実状を突きつけられて心の整理ができなかった。

いったい、どうして、こんなことに……。

けれど。火葬されたばかりの骨は母親の死という現実感がシンプルに際立っていた。

それで、かえって頭の中がスッキリした。

母親は逝《い》った。

優しい笑顔も。楽しげな笑い声も。手の温もりも。

――戻らない。

疲れきったため息も。こけてしまった頰《ほお》の翳《かげ》りも。どこか遠い視線も。

二度と……還らない。

嘆き悲しむ感情のその先で、むしろホッとした。遺骨とともに、母子相姦《そうかん》という背徳からも解放されたように思えて。母親の死とともに、秘密は永遠の秘密になってしまったわけではないが。

ほんの少しだけ、心が軽くなった。

――ような気がした。

もっとも。たった数時間で生前の面影など微塵《みじん》もなくなってしまった母親の遺骨と否応なく対《たい》峙《じ》させられてしまった弟たちは、辛《つら》すぎる現実から逃避することもできずに、それこそ別の意味で硬直してしまっていたが。

泣いて。

嚙《か》み締めて。

――吐露する。

とめどなく溢《あふ》れる涙でしか洗い流せないものがある。

泣いて。

泣いて。

泣いて……。

声を上げて嘆き悲しんで、身体の底から搾《しぼ》り出すように泣きじゃくって。そして、再生する。

それでも。あまりに悲しすぎて感情が麻痺《まひ》してしまうことだってある。

泣きたいのに。

――泣けない。

辛いのに。

――吐き出せない。

ただ、身体が芯《しん》から冷えていく……怖さ。いったい何をどうすればいいのかすら、わからなくなる。

母親の死に対して、弟二人の嘆き方はそんなふうに対照的なものだった。

死を思う。

母親を憶《おも》う。

母親のいないこれからのことを念《おも》う。

そして。死を――凝視する。

さまざまな想いが交錯するそこには、逝った者と取り残された者との明確な線引きがあった。

金持ちも貧乏人も、最後には誰でもただの屍《しかばね》になる。唯一無二の真理である。

人生に永遠はない。この格差社会にあって、遅かれ早かれ、いずれは誰の身にも訪れる『死』

だけが避けられない現実——唯一絶対の不変だからだ。

善人も悪人も、死んでしまったら人はみんな仏様。

だから、死んでしまった者の悪口は言うべきではない。それが、生きている者の美徳……だとかなんとか、どこかの寺の住職がテレビで言っていたが。それは、ただの綺麗《きれい》事だろう。でなければ、欺瞞《ぎまん》。生きている人間はもっと即物的で感情的で、誰もが皆、聖人君子になれるわけではない。

生きている限り人は何度でも人生をやり直せるが、人間は死んでしまったらそれで終わり。よく言われる台詞《せりふ》であるが。人間の真の価値は、死んでしまったあとに決まるのではないだろうか。その死を、どれほどの人間が純粋に悼《いた》んでくれるか——という意味においてだが。

今日。

——この日。

篠宮の祖父の葬儀で、雅紀はそれを嫌というほど実感しないではいられなかった。

亡母のときとは、まったく状況が異なる。周囲の雰囲気も、まるで違う。

五年前は誰もが母親の死に同情し、雅紀を筆頭に残された四人の子どもの行く末を慮《おもんぱか》って涙を拭《ぬぐ》った。シトシトと切れ目なく降り続ける雨すらもが、若すぎる母親の死を悼む涙雨——などと言われた。

しかし。祖父——篠宮拓也《たくや》の葬儀では、皆が皆、始終ピリピリと張り詰めていた。涙も出ない。

噎《むせ》び泣きもない。

嗚咽《おえつ》すら漏《も》れない。

沈黙だけが……ひたすら重い。

雅紀の実父である慶輔《けいすけ》、拓也にとっては次男に当たる息子を刺したショックで脳卒中を起こし、そのまま一度も意識を取り戻すことなく死亡した。そんな死に様が特異だったせいもあって、親族は誰もが必要以上に無口で俯《うつむ》きかげんだった。

なぜ。

どうして。

――こんなことに。

頭の中をひたすらループするのは、その言葉だけだろう。

祖父が慶輔を刺す元凶になったと言われているのは、慶輔が借金返済のために出版した篠宮家の暴露本である。重版に重版がかかり、五十万部のベストセラーになった。

単なるビギナーズラックでは、ここまで部数は伸びない。世の中には、いかに他人のプライバシーを覗《のぞ》き見したがる連中が多いかという証《あかし》でもある。

そこに何が書かれてあるのか、雅紀は知らない。知りたいとも思わない。

事の善悪も、視座が変われば真実すらもが逆転する。しかし。慶輔が何を力説しようと、雅紀たちにとっての真実はただひとつである。父親が不倫をして家族をゴミのように捨てた。それが、嘘偽りのない事実であった。

今更、慶輔が何を主張し、どんなふうに自己弁護に走ろうと興味も関心もなかった。慶輔が最低最悪のクソ親父であることは、もはや隠しようのない現実だからだ。

事件の現場となったホテルの一室で、本当は何があったのか。世間の関心はその一点に尽きるようだが、雅紀にはどうでもいいことであった。

すでに、マスコミの位置付けは、

『身内の恥を掻《か》き捨てにできずに、衝動的な蛮行で解決しようとした短絡思考の老人』

それで決まりらしい。

骨肉の争い——というスキャンダラスなネタで派手に盛り上がるマスコミも世間も、誰も本気で祖父の死を悼むつもりはないようだ。

周囲のそういう露骨な盛り上がり方が、篠宮の親族の神経を逆撫《さかな》でにする。

誰もが皆、異様にピリピリとしている。

表立っては吐き出せない怒りの矛先は、ひとつしかない。

ときおり、自分たち兄弟を見やる恨めしげな視線の険しさには気付いていても、雅紀はサックリと黙殺した。

自分たちは今回のことにはあくまで部外者なのに、晒《さら》し者同然。親族というだけで、火葬場にまで押しかけてきた無節操なマスコミの餌食《えじき》になるのが耐えられない。

——らしい。

だから、雅紀たちがその捌《は》け口になるのが当然。そんな、あからさまな視線がウザイ。

そんな中、視界の端を年下の従兄弟《いとこ》——智之《ともゆき》叔父の息子である零《れい》が、なにやら険悪な顔つきで弟の瑛《あきら》の腕を摑《つか》んでロビーのドア外まで引き摺《ず》っていくのが見えた。

(……なんだ?)

普段の雅紀なら、そのままサックリと切り捨ててしまえる光景なのだが。零が険悪感丸出しで出てきた場所が場所だった。

そこには、飲料水の自動販売機コーナーがある。

更に言えば。先ほど、尚人《なおと》が飲み物を買いに行ったばかりだ。

それから、しばらくして。尚人が雅紀たちの分の飲み物を抱えて出てきた。

なんだ?

どうした?

何が、あった?

気にならないはずがない。むしろ、気になって当然である。尚人が席に戻ってきたら、まずは確かめないと。

そう思っていたら。裕太《ゆうた》に先を越されてしまった。

「ナオちゃん、どうかした?」

いきなり、どうしてそんなことを聞かれるのか本当にわからないのか。尚人はキョトンと目を瞠《みは》った。

「え?　なんで?」

「ナオちゃんが戻ってくる前に、智之叔父さんとこの息子が二人して、慌てて外に出て行ったから」

(裕太。おまえ、目敏《めざと》すぎだろ)

自分のことはさておき、雅紀は内心でため息をつく。

裕太の口癖は、

『ナオちゃん、ウザイ』

——である。

最近はマシになったが、その言動ははっきり言って屈折しまくっている。それもこれも、尚人が絶対に自分を見捨てたりしないという確信から来る甘え以外の何ものでもないが。屈折した確信犯——という点においては、雅紀も大差がない。

兄弟だからって、そんなところは似なくてもいいのに……。本音で思う雅紀であった。

思考の——いや、性質の基本パターンが裕太と同じかと思うと、笑えない。その一語に尽きた。

尚人絡みのことになると、雅紀の視界は極端に狭くなる。

独占欲丸出しのエゴイスト。すでに、嫌というほど自覚済みであった。

だから、気になる。自販機コーナーで、いったい何があったのか。

しかし。尚人に言わせると。

「別に、大したことじゃないよ。零君とも瑛君とも久しぶりに会ったから、ちょっと、挨拶《あいさつ》をしただけ」

――らしい。

零のあの顔つきを見る限り、それだけではないのは一目瞭然《りょうぜん》だったが。

「ウン。なんか、瑛君がやたらデカくなってるのにビックリした。でね、零君のしゃべり方って、ちょっと雅紀兄さんに似てたかな」

尚人の口調には、無理やり取って付けたようなブレも淀《よど》みもなかった。

「……ふーん」

尚人から手渡されたペットボトルの茶を一口飲んで、裕太は思いっきり疑わしそうな目で尚人を見た。

――ホントは、何があったんだよ?

――おれたちに隠し事なんか、すんなよ。

――ほら、サクサク吐けよ。

裕太の心の声はダダ漏れである。

決して、雅紀の気のせいなどではない。それを思うと、

(なんだかなぁ……)

内心のため息が止まらない。

引きこもり生活からの脱却の第一歩が、無神経なマスコミがハイエナのごとく群がる祖父の葬儀というのもけっこうなチャレンジャー精神であるが。それよりも何よりも、裕太の優先順位のバロメーターを見せつけられたような気がした。

そんな裕太のプレッシャーを、

「瑛君ってさ、零君のことは『兄貴』じゃなくて『兄ちゃん』って呼んでた。なんか、可愛《かわい》いよね？　体格は大型犬だから、よけいに」

尚人は口元の微笑ひとつで、さらりとかわした。

ただの天然なのか。それとも、確信犯なのか。その判断には少々迷うが、尚人の基本は思いやりである。それが身内であっても他人であっても、大差はない。

「なんだよ、それ。おれへの当てつけ？」

ソッコーで裕太が過剰反応すると。

「ヤだな、裕太。今更、裕太に『兄ちゃん』とか呼ばれたら、かえって気持ち悪いよ」

余裕でいなす。

とたんに、ブスリとむくれる裕太がやけに可愛らしく思えるのも、新たな発見だったりするかもしれない。そういうのを間近で見てしまうと、

（ナオって、けっこう侮《あなど》れないよなぁ）

先ほどとは違う意味で、つい口元が綻《ほころ》んでしまう雅紀だった。

本当のところ、自販機コーナーで二人の従兄弟とどんなやりとりがあったのか。気にはなったが、尚人が『なんでもない』と言っている以上、この場でクドクドと問い詰めるつもりもなかった。

だが。それまでは目には入っても視界の端にも引っかからないただの風景でしかなかった従兄

弟の存在を、雅紀は改めて意識した。

——とたん。

セピア色にすぎなかった過去の残像が、今更のようにフラッシュバックした。

§§§

取りたてて可もなく不可もなく、平凡だが笑い声の絶えない毎日。

ドラマチックなサプライズはないが、それなりに穏やかな日々。

家族団欒《だんらん》というささやかな幸せが今日も明日も明後日もずっと続いていくのだと、ただ単純に信じていた頃。篠宮家では毎年、夏休みの定番イベントがあった。

八月のお盆時期になると、父親の実家である堂森《どうもり》の篠宮家に家族揃《そろ》って帰省するのだ。それは慶輔たち三兄弟が県外に就職してからは途切れ途切れになっていたが、慶輔と智之が結婚してから復活した。

きっかけというのは、そういうものだろう。双方に子どもが産まれてからは、それが夏の家族旅行代わりになった。

むしろ。篠宮家の初孫として雅紀が生まれてからは、祖父母がいっそう慶輔たちの帰省を心待ちにするようになった。

孫は、目に入れても痛くない。厳格で気難しい父親であっても例外ではなかったらしいと、篠宮家の三兄弟は笑う。

物心が付いたときには、すでにそうだったので。お盆シーズンになると堂森の実家に帰って親族揃って墓参りすることに、雅紀はなんの疑問も抱かなかった。明仁《あきひと》伯父は優しかったし、智之叔父はスポーツマン特有の豪快さがあって、雅紀は誰からも可愛がられた記憶しかない。

そして。年月を重ねるごとに子どもの数も増えていき、そうなると、帰省の目的も自然とキャンプやプールといった子ども中心のレジャー感覚になり、雅紀も退屈するようなこともなくなった。


その年の八月。

雅紀が小学六年生の夏休み。

いつものように家族揃っての夕食のあと、父親《拓也》が言った。

「みんな、今度の土曜日から堂森の祖父《じい》ちゃんの家に行くぞ」

それは、真夏の定番——すでに決定事項のはずだったが。

「えー、ヤだぁ。あたし、行かない」

真っ先に、沙也加《さやか》が口を尖《とが》らせた。

毎年の恒例行事に、まさか、いきなりの駄目出しを喰らうとは予想もしていなかった父親は一瞬唖然《あぜん》とし、困惑顔になった。

「どうして?」

まったくわけがわからない……と、その顔に書いてある。

「だって、つまんないもん」

一刀両断である。

そのときの父親の顔こそ、まさに見物であった。まるで、これまでの家族サービスを全否定されたかのように顔を強《こわ》ばらせていた。

「いつも同じで、ホントにつまらないんだもん」

あくまで、沙也加的な意見だが。

何が一番つまらないかと言えば、二人の従兄弟を含めて堂森に集まる子どもの中で沙也加一人だけがいつも割を食っているという現実である。それも、女だから……という理由で。

単なる思い込みではない。年齢的にも近い男たちはすぐに男同士で固まって、自分たちの遊びに夢中になってしまうからだ。

汗だらけになって、虫捕りに夢中になる。

水をいっぱいに張ったビニールプールで、わけもなくはしゃぎまくり。

縁側で我先にとスイカにかぶりつく。口から種を吐き出してどこまで飛ばすことができるかに熱中し、口から顎《あご》から肘《ひじ》から汁が滴り落ちても、誰も気にしない。

ドロンコになっても構わず。

沙也加の目の前で素っ裸になって、風呂場に直行し。

さんざん騒ぎまくって。

たった一台しかないテレビのリモコンを取り合い。喧嘩《けんか》をして、泣く。

うるさくて。

喧《やかま》しくて。

——邪魔。

誰も沙也加のことなど構ってもくれない。

雅紀にしてからが、そうなのだ。

いや……違う。子どもたちの中では一番の年長者ということもあって、雅紀が弟たちのお目付役になってしまっているからだ。

つまらない。

——あたしのお兄ちゃんなのに。

つまらない。

——どうして、いつもキャンプなの?

つまらない。

——たまには、違うことがしたい。

沙也加の不満はブスブスと燻《くすぶ》り続けたままだった。

本当は、キャンプなんか好きじゃない。

ヤブ蚊はいるし、アリもいる。名前も知らないグロテスクな虫だって、うようよ這《は》い回っている。せめてバンガロータイプであればまだ我慢もできるが、シートの下は硬くて寝心地は悪い。女同士というだけで、あんな狭苦しいテントで母親と寝起きするだけで息が詰まる。ｅｔｃ、ｅｔｃ…………。理由なら、腐るほどあった。

最悪なのはトイレが遠いことだ。しかも、あまり綺麗だとは言いがたい公衆トイレだ。特に、夏場はどうやったって臭う。気にならない人間は別にどうということはないだろうが、気になりだしたら止まらない。

あー、ヤだ。

…………ヤだ。

……………ヤだ。

ストレスだけが、どんどん溜《た》まっていく。

都会と違う野外生活が物珍しかったのも最初のうちだけで、自然しかないキャンプ場でバーベキューなんて定番スタイルにも飽きてしまった。

行くなら、断然ディズニーランドみたいなテーマパークがいい。

そしたら、それなりにオシャレをして雅紀と腕を組んでどこまでも行ける。アイスクリームを食べながら歩くだけでもいい。アトラクションも選び放題だ。そのほうが、絶対に楽しいに決まっている。

なのに。いまだに、沙也加の希望が叶《かな》えられたことはない。

父親も母親も、そんな沙也加の不満に気付いてもくれない。夏はキャンプ――なんて、いったい誰が決めたのだろう。

いつも男たち中心の遊びが優先されるばかりで、いいかげん沙也加だって嫌気がさす。

そんな沙也加の胸中も知らず。

「えー、つまんなくないよ。みんなでキャンプして川で泳いで、バーベキューだっておいしかったじゃん」

裕太がこまっしゃくれた口調で反論すると。

「裕太、うるさい」

ジロリと沙也加が睨《にら》んだ。

小学生ながら、すでに可愛らしさを超えた『美人』の条件を軽々とクリアしている沙也加の迫力のある眼差しにもメゲず、すかさず、

「楽しかったよねぇ、ナオちゃん?」

尚人に同意を求めるあたり、末っ子はかなり要領がいい。それも、一番年下であることの特権なのかもしれない。

沙也加が駄目出しをしたからといって、真夏のイベントが取り消しになるわけではないとわかっていても、兄弟の中で紅一点である沙也加の発言権はバカにできない。

なにしろ、沙也加は口が立つ。口喧嘩で沙也加には一度も勝てたことがないのが、裕太にとっては密かなコンプレックスである。だから、裕太は形勢が不利になるとすぐさま尚人に助っ人を求める。

——そうだよね？

——どうなのよ？

弟と姉の両方から凄《すご》まれ……いや、率直な意見を求められても少しも動じることなく、尚人は、

「すっごく楽しかった」

ニコリと笑った。

自己主張の激しすぎる二人の間ではどちらに味方をしてもカドが立つのはわかりきっているから、普段の尚人はいつも中立的立場を崩さないが。そういうどっちつかずの態度が優柔不断でムカつくと沙也加は思い、裕太は裕太で自分の思い通りにならない尚人に不満タラタラなのだった。しかし、今回はさりげなくきっぱり言い切ったところをみると、それが尚人の本心であるのは間違いない。

「ほらぁ」

いつも口では負けてばかりの裕太はこのときとばかりに胸を張り、勝ち誇ったように鼻息が荒かった。

対して、沙也加は。だから、あんたたちはお子チャマなのよッ——とでも言いたげにツンとそっぽを向いた。

その拍子に、雅紀とバッチリ目が合って。一瞬、勝ち気な沙也加の顔が援護射撃を求めるようにクシャリと歪《ゆが》んだ。

——お兄ちゃん、なんとか言ってッ！

雅紀ならば無条件に自分の味方になってくれることを、信じて疑わない顔つきだった。

その自信と根拠は、いったいどこから来るのか。雅紀にはイマイチよくわからないが。その反面。

本音で思う。

(めんどくさいな)

沙也加にしてみれば、弟二人を黙らせられなかったことが悔しくてたまらないのだろうが。最後の最後で、いきなりお鉢が回ってくるとは思わなかった。

こういう場合、どちらの肩も持たないのが妹弟喧嘩の鉄則である。

ちなみに。雅紀の場合は兄妹弟喧嘩などした記憶がない。……というより、相手にならない。

沙也加とは三歳違いで、尚人とは五歳、裕太とは七歳の年齢差があるので、誰も喧嘩など吹っかけてこない。

——が。本気でヘソを曲げてしまった妹ほど始末に負えないものはない。それを知っているから、父親も母親も困り果てたように雅紀を見ている。

(それって、違うんじゃない?)

つい、愚痴《ぐち》りたくなる雅紀であった。

世の父親は例外なく娘には甘いものだと相場は決まっているが、最近の沙也加は反抗期なのか父親には刺々《とげとげ》しく、母親にもやたらと挑発的である。雅紀が反抗期らしい反抗期もなかったので、母親のため息は深まるばかりであった。

ここまでくると、超ブラコンの沙也加の機嫌を取り持つことができるのは父親でも母親でもなく雅紀だけである。だからこそ、雅紀にしてみればよけいに面倒くさいのだった。

——行きたくないなら、一人で留守番してれば？

言うのは簡単である。あとのフォローを考えなくてもいいのなら。

仮に雅紀が本気でそんなことを口に出したら、もしかしなくても沙也加は号泣だろう。その先の展開まで読めてしまいそうである。

（ホントに、めんどくさいな）

だいたい、家族揃って堂森に里帰りなんて、この先いつまで続くかわからない。中学生になって部活動を始めたら、そのスケジュールが優先されて家族旅行なんて無理——だと聞いているし。

中学生になったら何をやりたいのか決めてはいないが、クラブ活動だの塾だの、雅紀が知る中学生はみんな忙しそうだった。

雅紀的には、家族旅行なんてものはやれるうちにやっておいても損はないと思っている。特別に、どうしても皆でキャンプがしたいわけではないが、思い出は多いに越したことはない。

「じゃあ、さ。沙也加は何がしたいわけ？」

とりあえず、聞いてみる。不平不満の元がなんなのかを。

「キャンプもバーベキューもつまんないなら、何がしたいわけ？」

「あたしはキャンプより、ディズニーランドがいい」

即答である。

（あー……そういうこと？）

沙也加の愚痴る理由が、雅紀にもようやく納得できた。

夏休み明けになると、家族でどこに行ったかでクラスは大盛り上がりである。その中でもテーマパーク合戦は、もはや常識と言えた。

雅紀は、いくら楽しくても直射日光が照りつける二時間待ちの行列に並ぶよりは川で泳いだり魚を釣ったりして遊ぶほうが好きだ。だが、沙也加はアトラクションやキャラクターグッズのほうがいいのだろう。

すると。夏休みの定番イベントにはそういう選択肢もあったのかと、尚人も裕太も別の意味でパッと目を輝かせた。

「それはそれで楽しそうだけど、今からじゃどうやったって無理だろ。お父さんの仕事の都合もあるんだから」

頭ごなしで駄目出しをしても逆効果で沙也加は納得しないだろうと思い、理詰めで駄目な理由をはっきりと口にすると、沙也加は下唇を噛んだ。

それがあまりにも悔しそうで、悲しそうで。何かもうどっぷり深々と落ち込んでしまった沙也加が、さすがに、ちょっぴり可哀相になって。

「だから、それは来年でいいんじゃない？」

その場の思いつきというかヒラメキというか、ひとつの提案をする。

とたん。沙也加の顔がパッと華やいだ。

「ホント？　来年は、みんなでディズニーランド？」

沙也加が言質《げんち》を取るように父親を見やった。

「あ……や……まぁ……それは……」

こういう展開はまったく予想していなかっただろう父親が返事に詰まって口ごもる。そんなことは気にも留めず、

「だったら、いい。あたし、今年はキャンプで我慢する」

高らかに宣言する沙也加の機嫌は一気に回復した。

ついでのオマケで、弟二人も、来年はディズニーランド……で無邪気に盛り上がっている。

――お子様は単純。

いや。やはり、キャンプよりも数倍魅力的なテーマパークには誰も勝てないということなのかもしれない。

母親は、とりあえずホッと胸を撫で下ろした。話が思わぬ方向へとズレてしまったというより来年はもしかしたら予想外の大出費になるかもしれない展開に、父親は当然シブい顔になった。

今から来年の話なんて……。できるかどうかもわからない口約束なんて、愚の骨頂。――かもしれないが。雅紀は目の前の問題を解決するためにひとつの提案をしただけで、最終的な判断を下すのは父親の責任である。

毎年、墓参りを兼ねたお手軽なレジャー＝家族サービスの神話が崩れたとしても、それはそれでしょうがない。

今までは誰も文句を言わなかったが、もしかしたら、これからは自己主張の嵐だったりするかもしれない。だからといって、別に雅紀の胸はチクリとも痛まなかった。

土曜日。

午後四時を過ぎる頃に祖父の実家に父親《慶輔》が運転する車でやってくると、すでに明仁と智之一家も揃っていた。

「こんにちはー」

「いらっしゃい」

「お世話になります」

「おー、よく来たな」

「みんな、大きくなったわねぇ」

口々に交わされる挨拶も、一年ぶり。

普段は老夫婦だけの静かな家も、毎年、この時期だけは大賑《にぎ》わいである。

「おじーちゃん、おばーちゃん。はい、おみやげー」

いの一番に土産《みやげ》の菓子を持って飛んでいくのは、いつも裕太だった。

元気潑剌《はつらつ》とした声が響くだけで家中がパッと明るくなる。ときおりヤンチャが過ぎて無邪気に皆を振り回す嫌いはあるが、それも裕太が生まれ持った個性というものだろう。
そんな裕太を、祖父母は満面の笑みで迎え入れる。それも、いつもの夏が来たという証であった。

一通りの挨拶が終わると、篠宮家の大人兄弟たちはリビングのソファーにどっかりと座り込んで互いの近況報告を始める。それも、真夏の定番――見慣れた光景であった。

「いや、もう、今回は大変だった。沙也加がゴネちゃって」

開口一番、慶輔が愚痴った。

「沙也加が、何を？」

明仁が問いかけると、慶輔の愚痴は止まらなくなった。

「そうか。キャンプよりもテーマパークか。なるほどな」

「沙也加も、そういうことをはっきり口に出す歳になったんだなぁ」

「キャンプじゃオシャレもできないしな」

「女の子はやっぱり、同じアウトドアでもキャラクター付きのほうがいいのかもな」

しみじみと漏らす兄《明仁》と弟《智之》を交互に見やって、慶輔は小さくため息をついた。

「智之、おまえのとこはどうだ？」

「今のところはキャンプで満足してると思うけど？　二人とも夏になれば従兄弟に会えるって、すっごく楽しみにしてるから」

「普通はそうだよな？　沙也加だって、去年までは文句ひとつ言わなかったのに……」

「それだけ、子どもは日々成長してるってことだろ」

それはそうかもしれないが。

「女の子は扱いづらいよ」

つい、ボソリと本音が漏れた。

雅紀は本当に手がかからなかったから、よけいにそう思えるのかもしれない。それに、最近はどうも父親を見る目が冷たい。

妻《なつこ》は、なんでもないことのように。

――女の子は年頃になると、父親とは距離を置きたくなるのが普通なんですから。

子育て論の常識を口にするが。

(年頃って……。沙也加はまだ小学三年生じゃないか)

どうにも納得がいかない。

娘はいつまでも可愛い娘のまま……という妄想から抜け出せないのが世の父親というものかもしれないが、慶輔の不満はそれだけに留まらない。年々、雅紀にも軽く見られているような気がしてならなかった。

今回のことだって、まさか、なんの相談もなく雅紀がいきなりあんなことを言い出すとは思いもしなかった。

——と、いうより。あの日本人離れした美形の息子が、本当はいったい何を考えているのかが……わからない。

眉目《びもく》秀麗、成績優秀、何をやらせても万事ソツなくこなし、人望があり、小学六年生ながら誰からも一目置かれている。

(それって、普通にあり得ないだろ)

そう思う慶輔が、間違っているのか。

親に甘えることもなく、グズりもしなければ文句ひとつ言わない、いつも超然としている小学六年生なんて。

(……おかしいだろ)

逆に自分たち親のほうが雅紀に頼り切っているというか、強依存しているのではないか——という錯覚に陥ることもしばしばだった。

何か……違うのではないか?

どこか……間違っているのでは?

親子としての在り方が、変ではないか?

雅紀を見ていると、ふと、そんな妄想に駆られるのだ。

妻が全面的に雅紀に信頼をおいて、子どもたちの世話を任せている。それは本来、父親の慶輔の役割であるはずなのに、我が家ではそれを誰も不思議にも不審にも思わない。

——それって、変だろ？

仕事が忙しすぎて家庭のことは妻に任せっきりな慶輔が、そんな疑問を持つことのほうがおかしいのか。

——いやぁ、本当に出来た息子さんですね。

——私も、あんな息子が欲しいです。

——ホントに羨《うらや》ましい限りです。

どこから見ても、出来過ぎの息子。それは、否定しない。事実、非の打ち所がないのだから。

そのことに、かえって違和感すら覚えるのだった。

皆が雅紀のことを手放しに褒《ほ》めそやすたびに、出来過ぎた息子を持つ親のコンプレックスを掻き毟《むし》られるような気がした。

沙也加も尚人も、父親よりも雅紀に懐いている。そんな中で、末っ子の裕太だけが『お父さんが一番好き』だと言ってくれる。

だから、ついつい慶輔も裕太には甘くなる。それこそが健全な親子の在り方であるように思えた。

その中でも、特に超ブラコンの沙也加は扱いづらい。慶輔にとってはそれが偽らざる現実だが、それすらもが持てる者の贅沢《ぜいたく》な悩みに聞こえたのか。

「何言ってンだか。あんな可愛い娘がいるなんて、羨ましいよ」

本音まじりで智之が缶ビールを飲み干すと。

「おまえだって、まだ打ち止めじゃないだろ。もう一人、頑張ってみたらどうだ？」

無責任に、明仁が茶化した。

できるものなら娘は欲しいが、三人目は経済的に無理。それが智之の本音である。

実は、転職を考えている。大学を卒業して中堅どころの建設事務所に就職した――内定が出たのがそこだけだった――が、現場に出るようになると時間的にも不規則で、最近では満足に休みも取れない。

子ども好きで典型的なマイホーム・パパである智之にとって、出世よりも家庭が一番だった。役職が上がっても、家族と過ごせる時間的余裕がなくなるのは嫌だ。

我が子とのスキンシップが取れなくなるのが淋しい。

兄たちに言えば。そんなことで転職なんて何をバカなことを言ってるんだ――と言われそうだが。

本音の部分では。妻は専業主婦、経済的な心配もなく子どもを四人も持てる慶輔が羨ましい。しかも、四人の子どもたちは身内の贔屓《ひいき》目なしで本当に可愛い。あれだけの美形が揃うと、ある意味、壮観ですらある。

長男である雅紀が日本人離れしたあの容貌《ようぼう》で生まれたときには、さすがに驚いたが。よくよく考えれば、父親はハーフで自分たちはクオーターなのだ。雅紀が先祖返りしても、なんら不思議はない。

普段の日常生活においてはまったく意識もしていないが、むしろそれを考えると、ＤＮＡは侮れないという気がしてならなかった。

余裕があれば、子ども……娘が欲しいのは本心だが。今の状態では無理。だから、妻《麻子》とも話し合って避妊はきちんとしている。我が子を中絶なんてしたくないし、させたくない。つい、うっかりで出来てしまっては困るからだ。

それに、長男の零は虚弱体質でなかなか病院とは縁が切れない。それが、智之一家の現状だった。

そういう事情は誰にも言っていない。兄弟間でも、口にできない家庭事情はある。だから、いつも兄の軽口も笑って許せるとは限らない。

「そういう台詞は、ちゃんと結婚してから言えよ。明仁兄貴」

口調も、それなりにキツくなる。

「そうだぞ、兄貴。その歳になってもまだ独身っていうのは、淋しいだけだろうが」

慶輔も後追いをかける。

結婚して家族を養うことの大変さを、独身の兄は知らない。弟から見れば、定職にも就かず、まるで趣味の延長のような売れない書道家という勝手気ままの生活を謳歌《おうか》しているようにしか見えなかった。

『四十を過ぎても結婚できない男』

もう、さんざん聞き慣れた台詞である。

弟二人に先を越され、男は結婚して家庭を持ってこそ一人前——が口癖の父親《拓也》には。

『情けない』

『しっかりせんか』

『いつまでもフラフラするな』

耳タコのごとく言われ続けてきた。

「こういうのは縁とタイミングが不可欠なんだよ」

明仁の本音である。

別に独身主義を気取っているわけではなく、できれば結婚したいと思っている。弟が二人とも妻と可愛い子どもに恵まれて幸せそうな家庭を持っているのを見ていれば、特にそう思う。ただ。この彼女とならば、人生のパートナーになってもいい。そう思える出会いがなかっただけだ。それすらもが、いつまでも結婚できない男の見苦しい言い訳にしか聞こえないのも承知の上だったが。

「けど、歳がいってからの子育ては大変だぞ」

「そうそう。こないだ瑛の幼稚園の運動会があって、みんなで行ってきたんだけど。そんとき、白髪まじりで頭の薄くなった五十代くらいの男がいて、年中組の母子と昼飯食ってたんだよ。それで、その子と同じクラスの子が、〇〇ちゃんとこはなんでパパじゃなくておじーちゃんがきてるの？　……とか言ったら、その子、大泣きしちゃって。もう大変。あとで聞いたら、おじーちゃんじゃなくてパパだったんだってさ」

「それは……けっこうキツイ話だな」

「周りは若くてカッコいいパパがいっぱいいるのに、自分とこの父親をおじーちゃん呼ばわりされたら、そりゃあショックだろ」

「……だろうな」

「その子、それっきり不登校……つーか幼稚園に行きたがらなくなって、結局やめたって話だけど」

これから、まだ結婚に夢を持っていた明仁にとっては、なんともリアルで生々しい話であった。


夏休みの決まった時期にしか顔を合わせなくても、子ども同士はすぐに馴染《なじ》む。そんな中でも、零たち兄弟にとってはやはり年長者の雅紀だけは特別なのか。呼び名は『君付け』でも『ちゃん付け』でもなく、タメ口をきくことさえ恐れ多いのか、一人別格の『雅紀さん』である。

――が。その裏には、雅紀も知らない事情があった。

実のところ。零も瑛も、最初は雅紀のことを何と呼べばいいのかもわからなくて、声をかけられても返事はしどろもどろだった。大人たちはそんな零たちを、

「あらあら、どうしちゃったのかしら？」

苦笑まじりに。

「従兄弟同士なんだから、仲良くしろよ？」

明け透けに。

「そうそう。雅紀はみんなのお兄ちゃんなんだから」

無茶振りをして。

「零も瑛も、しっかり遊んでもらえよ?」

無責任に冷やかすか茶化すだけだった。

子どもは子ども同士のほうが何かとうち解けやすいし、馴染みやすい。そういう思い込みでもって、子どもの都合など意に介さず、すべては雅紀に丸投げだった。

雅紀に任せておけば大丈夫。

それは、大人たちの共通認識でもあった。

自己主張の激しい沙也加とヤンチャすぎる裕太も、親の言うことよりも長男である雅紀に従う。そのことを大人たちもよく知っていたので、自分たちが上から目線であれこれ口を出すよりも雅紀に任せておいたほうがいいだろうと。単なる過大評価ではなく、だ。

雅紀にしてみれば、一番年上というだけで、ガキんちょ軍団を仕切れと言われたも同然で。

——それって、一歩間違えば親としての怠慢なのでは?

そんな気がしないでもないが。実際の話、子守りが三人から五人に増えたからといって大して苦にはならなかった。

雅紀がギンギンに目を光らせなくても、皆それなりに行儀がよかったからだ。我が親には不平不満の甘えが許されても、群れのリーダーである雅紀にそれは通用しない。それが、夏の定番

――暗黙のルールだったからだ。

いや。雅紀が……というより。

『あんたたち、お兄ちゃんを困らせたりしたらあたしが許さないんだから』

超ブラコンである沙也加のプレッシャーのほうがキツくて、ビビった。特に、免疫のない零たち兄弟が。それが正しいかもしれない。

その果てに、零と瑛の雅紀に対する呼び方にも影響が出たと言える。

大人たちは、当然のことながら雅紀のことは名前で呼び捨てである。祖母と智之夫人の麻子《あさこ》だけが『雅紀ちゃん』と呼ぶ。

沙也加は『お兄ちゃん』。尚人は『まーちゃん』。裕太は『雅紀にーちゃん』。妹弟の呼び方にしてからが、てんでんバラバラである。

さすがに、年上を『ちゃん』付けで呼ぶのはNGだし。『君』付けもマズイだろう。だから、とりあえず無難なところで、裕太に倣《なら》って『雅紀兄ちゃん』にしようと思った。大人たちも『雅紀はみんなのお兄ちゃん』だと言っていたし。

初めて、雅紀を『雅紀兄ちゃん』と呼ぶのは勇気がいった。それなりに根性も入った。

雅紀はそれをすんなりと受け入れてくれた。兄弟揃ってホッとしたのも、束の間。沙也加から思わぬクレームが入った。

「お兄ちゃんはあたしのお兄ちゃんで、あんたたちのお兄ちゃんじゃないんだから。勝手に兄ちゃんなんて呼ばないでよ」

くっきりとした二重の眦《まなじり》をキリリと吊《つ》り上げた沙也加の不機嫌丸出しの抗議に、零と瑛は文字通り竦《すく》み上がった。

——沙也ちゃん、コワイ。

単なる苦手意識ではない距離感が刷り込まれた瞬間だった。

そんな裏事情があったことなど雅紀は知らない。

雅紀的には『まーちゃん』以外であれば、従兄弟たちにどう呼ばれようとまったく気にもならなかった。雅紀にとっては、尚人に『まーちゃん』と呼ばれることが特別だったからだ。

親の愛情は、子どもの頭数で等分される。理屈から言えば、そうなる。

三歳違いで妹《沙也加》が産まれたときには母親にあまり構ってもらえなくなった不満はあったが、五歳年下の弟《尚人》が産まれたときにはそれもなくなった。変な話、ペットのいない我が家に生まれたての子犬がやってきたかのようなワクワク感でいっぱいだった。

『はーい、尚君。お兄ちゃんとお姉ちゃんでーす』

母親の腕に抱かれた弟を見て、沙也加は『クシャクシャで可愛くない』を連発したが。かつては、沙也加も猿だった。もちろん、雅紀も。すべては産まれたての写真が物語っている。

自分の顔はとても『可愛い』とは思えなかったが、産まれたばかりで目も開かない弟は本当に小さくて、なんだかとても可愛らしく見えた。

だから、何かと忙しい母親の代わりに子守りをすることが楽しくてしょうがなかった。

「ナぁオ」

名前を呼べば、キャッキャと笑う。小さな指で一生懸命雅紀の指を握り返すのが、無性に可愛い。オシッコを引っかけられようが、ウンチを垂れようが、ヨダレまみれになろうが、少しも気にならなかった。

いつでも『お兄ちゃん』を連発してベタベタまとわりついてくる妹は少々鬱陶《うっとう》しかったが、弟を抱き上げてあやすのはまったく苦にならなかった。自分だけのお気に入りのペットができたような気がした。

かわいい。

カワイイ。

すっごく、可愛い。

妹が成長する様はそれほど記憶に残っていないが、弟は特別だった。その細部まで、くっきり記憶に焼き付いている。尚人の成長とともに自分の成長があるとでも言えばいいのか。モノクロからいきなりカラーになったかのように、すべてが鮮明なのだった。

尚人が歩けるようになって自分の後追いをするようになると、その可愛らしさも百倍増しになった。

言ってしまえば。尚人と一緒に楽しく遊べるのであれば、キャンプだろうがプールだろうが雅紀にはなんのこだわりもなかった。

そして。その夏は、ちょっとした騒動《アクシデント》があった。

少々人見知りぎみな零にとって、従兄弟の中ではひとつ年下の尚人が一番気安く接することができる相手だった。

小学二年生になった今でも、雅紀とはいまだに目を合わせるだけでドキドキするし。誰もが認める美人だが性格のキツすぎる沙也加とは、逆に目を合わせたくないし。いつもエネルギッシュな裕太はちっともじっとしていなくて、見ているだけで疲れる。それは弟の瑛も同じで、とにかく、二人して元気が有り余っていた。

そんな中で、尚人の周りだけが時間の流れが違った。

いつも、ゆったり。ニッコリ。おっとり。マイペース。尚人がセカセカしているところなど、見たことがなかった。だから、零も気を張らずに声をかけやすかった。

瑛と裕太が何かにつけて張り合ってライバル意識を剝《む》き出しにするのを、大人たちはただ微笑《ほほえ》ましげに見ているだけだが、そのトバッチリを喰うのはいつも零だった。

大人たちにとってはたわいもない意地の張り合いかもしれないが、裕太に口で言い負かされると必ず、自分がいかに不当に扱われたかを零に愚痴り倒すのだ。

悔しい。

悔しいッ。

悔しいッ！

口だけではなく、身振り手振りで不平不満を垂れ流す。

自分の負けを認めるのが悔しくて、どうにも我慢ができない。

――らしい。

特に。年齢的には瑛のほうが一歳年上なので、従兄弟の中でも末っ子になる裕太に口で負けるのが悔しくてならない。

――ようだ。

男はヤンチャなくらいがちょうどいい。兄弟であっても、負けるな。たとえ負けても、ヘコむな。諦《あきら》めるな。何事にも、最後までベストを尽くせ。

『頑張れ』

『負けるな』

『男なら根性を見せろ』

それが、祖父の口癖である。

裕太はどうだか知らないが、瑛はとにかく運動神経がいい。季節の変わり目になるとすぐに体調を崩して寝込み学校も休みがちな零と違って、運動会のスターだった。

スポーツマンの父親譲りなのか、何をやらせても器用にこなして常に一番だった。家には、その手の賞状やトロフィーが幾つも飾ってある。それが羨ましくないと言ったら嘘になるが、そのほかのことではいつも『兄ちゃん』を連発して懐いてくる弟が零は嫌いではなかった。

瑛はスポーツが、零は勉強が。得意分野が違うのだから、それでいい。父も母もそう言ったし、零自身もそう思っていた。

たとえ、祖父が自分のことを『軟弱』だの『情けない』だのと口走り、事あるごとに瑛と比較しても、瑛と張り合うために無理やり頑張る必要性を感じなかった。

孫はどの子も可愛い。

それは、ただの方便である。たとえ肉親であっても、相性というものは無視できない。

当然、祖父母にもお気に入りはいる。それが誰であるのかは一目瞭然で、だからといって、それで零が特に卑屈になることもなかった。

零にとって雅紀は『こうありたい』という憧《あこが》れの象徴であっても、努力すれば、いつか自分もあんなふうになれるという目標ではなかった。

雅紀になろうなんて、絶対に無理。

もし、本気でそんなことを思っている人間がいるとしたら、そいつはたいがい身の程知らずの大バカだとさえ思った。

血は近いが、何もかもが違う。目と鼻の先にいても、雅紀は零にとってははるかに遠い存在だった。

もしも。祖父にとっての『不出来な孫』が自分だけだったら、いじけて変なふうに拗《ねじ》くれてしまったかもしれない。それをはっきり自覚できるくらいには、零と尚人に対する祖父の態度は充分あからさまだった。

祖父の小言が炸裂《さくれつ》する割合からいけば、もしかしたら尚人の方が上かもしれない。なんといっても、あの裕太と常に比較されるのだから。

だからといって、祖父が言うように尚人が他の兄弟よりも特別にユルすぎるとは思えなかった。尚人以外が半端なく個性がキツすぎるから、そう見えるだけだろう。きっぱりそう言いきってしまえるほどには、沙也加も裕太もキョーレツだった。

けれども。尚人には、雅紀という強力な守護神がいた。

自分にはなくて、尚人にはあるもの。ある意味、羨ましくて——妬《ねた》ましい。

無い物ねだりをして、尚人に嫉妬《しっと》する。そこまで、零はひねくれてもいなかったが。無条件に自分を守ってくれる存在というのは、稀少だった。だから、とても価値がある。

零は、それを知っていた。

ただの建て前ではなく、本当に尚人が可愛くて仕方がない。雅紀は、いつもそういう目をしていたからだ。超ブラコンであることを隠そうともしない沙也加が、ときおり強い目で尚人を睨むくらいに。

零は、気付いてしまった。

だが。きっと、尚人は自覚してもいないに違いない。でなければ、沙也加の目の前で『まーちゃん』を連発して雅紀に力いっぱい抱きついたりなどできないだろう。

(コワイなぁ)

見てはいけないモノを見てしまったような居心地悪さに、零はあわてて目を逸《そ》らしたのだった。

その日。

「尚君、尚君」

零が名前を呼んで手招きをすると。

「なぁに、零君」

いつものように、尚人がおっとりした足取りでやってきた。

「裏山でいいもの見つけたんだ。見に行かない？」

「いいものって？」

「鳥の巣。卵から孵《かえ》ったヒナがいるんだよ」

「ホント？」

「うん」

「見てみたい」

思わず目を輝かせた尚人だったが。

「でも。零君、大丈夫？」

上目遣いに零の目を覗き込んだ。

「なにが？」

「だって、零君、カゼを引いてみんなといっしょにキャンプにも行けなかったでしょ？　もういいの？」

別に風邪を引いたわけではない。猛暑でダウンしてしまったのだ。

今年は特に暑い。大気がすでに熱風である。自宅では昼間でもクーラーを入れるが、エアコン嫌いの祖父母の家ではそれもままならない。

そのための冷感グッズもちゃんと用意していたのだが、それでも上手く体温調節ができなくて、結局はダウンした。

そのせいで、今回は母親と二人で留守番だった。それで、祖父には例のごとくたっぷりと嫌味を言われた。

『ナンジャク』

『ゼイジャク』

『ダジャク』

今ではすっかり耳タコである。

『軟弱』

『脆弱』

『惰弱』

ちゃんと辞書で調べたから、その意味も知っている。

零は、自分が暑さ負けをしてしまったのだから別に何を言われても構わない。だが、そのせいで母親まで悪く言われるのが我慢ならなかった。

——ゴメンね、お母さん。キャンプ……せっかく楽しみにしてたのに。

母親には、こっそり謝った。すると。

——零が謝ることなんてないのよ？　一番残念なのは、一人だけ留守番になっちゃった零だもんね。また来年があるわよ。

逆に慰められた。

零は瑛と違って何がなんでもキャンプに行きたかったわけではないので、なんだかチクチクと罪悪感が疼《うず》いてしまった。

「大丈夫だよ。もう、元気」

零がそう言うと。尚人もそれで安心したのか、釣られてニコリと笑った。

「じゃあ、行く?」

「ウン」

それほどキャンプに行きたかったわけではないが、一人だけ留守番だったので零は暇を持て余していたのだ。

「まーちゃんも誘っていい?」

尚人がそれを言い出すだろうことも、予測済みだった。

「ダメダメ。俺と尚君の二人だけの秘密」

零としては、ちょっとだけ雅紀のいない冒険をしてみたかったのだ。尚人と二人だけで。

だから、自分が見つけた秘密の場所は瑛にも教えていない。

雅紀に知られると、絶対に瑛も裕太もついてくると言うに決まっている。そしたら、沙也加だって黙っていないだろう。それが、嫌だった。

秘密を共有したい相手が実弟ではなく従兄弟の尚人であることに、零はなんの不都合も不自然さも感じてはいなかった。いや……単にそんなことまで頭が回っていないだけなのかもしれないが、尚人となら同じ目線でゆっくり楽しめるような気がしたのだった。

尚人としても、零と二人だけの秘密――というシチュエーションが新鮮だったのか。コクコクと頷《うなず》いた。


「ナオぉ。帰ったぞ」

風邪でダウンしてキャンプに行けなかった零のために、今夜は家の庭で焼き肉パーティーをする。そのための食材を買い出しに車二台で大型ショッピング・センターに行って戻ってきた雅紀は、玄関を開けるなり尚人の名前を呼んだ。

育ち盛り食べ盛りの子ども六人と、大人が七人。毎日の食事だけでもその料理は大量になるので、帰省シーズンは買い出し班は何かと大忙しである。もちろん、それだけの人数分を調理する母親たちはそれ以上に大変だが。

結局、どこにいても自分だけのゆっくりとした時間など過ごせないのが母親というものなのかもしれない。

そのために、父親たちは運転手兼荷物持ちとして駆り出される。逆に子どもはいても邪魔になるだけでいつもは留守番になるのだが、今回は裕太と瑛が行くと言って互いに譲らず、ヤンチャすぎる二人のお目付役として雅紀も同行する羽目になった。

(なんで、俺が……)

――面倒くさい。

口には出さないが。もはや、内心のため息の定番でもあった。

もちろん、雅紀が行くなら沙也加もである。結局、いつもは車一台で済むはずの買い出しは車二台になった。

それで、零と尚人だけが居残りになったのである。病み上がりの零はともかく、尚人は一人だけ貧乏クジになってもなんの文句も言わなかった。

普段は、雅紀が呼べば、どこにいても何をしていてもすぐに飛んでくるのに尚人の姿が見えない。

「ナァオ?」

靴を脱いで上がり、もう一度呼ぶ。

だが。返事もなければ、足音もしない。

(どこにいるんだ?)

室内にいないのなら、庭にでも出ているのだろうか。

それなら、ガレージに車が入った時点で皆が帰ってきたのがわかるはずなのに。それを思って、雅紀は小首を傾《かし》げる。

「祖母《ばあ》ちゃん。ナオは?」

大荷物を抱えて戻ってきた買い出し班に、

「はい、はい。みんなご苦労さま」

冷茶の入ったグラスを差し出していた祖母に尋ねると。

「零君と、一緒に遊んでいたはずだけど？」

なんとも頼りない返事である。

今回は二人だけが留守番なのだから、尚人が零と遊んでいるのはしょうがない。それはそれで構わないが。雅紀が帰ってきたのだから、名前を呼べばすぐに、

『まーちゃん、お帰りー』

当然、笑顔満開で飛んでくるものだとばかり思い込んでいた雅紀は、少しだけ不機嫌になった。

「なんだ。ナオちゃん、いないの？　ポテチ買ってきたから、いっしょに食べようと思ってたのに」

一緒にと言いながら、裕太の手はすでに開封済みの袋の中をまさぐっている。

「ンじゃ、ひとりで食べちゃおーっと」

これ幸いにと、ポリポリパリパリ、遠慮もなくポテトチップスを頬張る裕太であった。

ちなみに。尚人は油っぽいチップスよりも、サクサクのビスケット系のほうが好きだ。

食品売り場に着くとすぐさま菓子コーナーへとすっ飛んでいく裕太と瑛に、双方の母親から『お菓子は一人ひとつずつ』と念押しされて。

「これ《塩味》はおれの分。こっち《コンソメ味》はナオちゃんの分」

などと言って。結局、ちゃっかりと自分の好きな物をふたつ買っていたのを雅紀は知っている。幼稚園児のくせに、本当に末っ子は要領がよすぎる。何をやっても最後は苦笑まじりに許されると思っているので、よけいに手に負えない。

だから、雅紀は自分の分として、ちゃんと尚人の好きなメーカーのビスケットを確保しておいた。そういう裕太のズルには目の端を吊り上げてブーブー文句を言う沙也加と違って、尚人はそんなことで裕太をやりこめようとはしないだろうが。雅紀は、好きなものを美味《おい》しそうに食べる尚人の笑顔が見たかったのだ。

裕太は尚人がいなくてもチップスを独り占めできればそれで満足なのか、零と尚人が二人だけで遊びに出かけてもまったく関心がないらしい。それは、沙也加も同様で。

「ねぇ、お兄ちゃん。晩ご飯までまだ時間があるから、遊んできていいって。下の公園でバドミントンしようよ」

その気マンマンである。いつもはなかなか雅紀を独占するチャンスもないせいか、

「いいでしょ？　ねぇ、やろうよ」

しつこくねだる。

帰ってきたばかりで、正直、それはちょっとパスしたい雅紀であった。

ただ、瑛は零がいないのが不満らしく。

「なんだよ、兄ちゃん。遊びに行くなら、もうちょっと待っててくれればいいのに」

置いてけぼりを食ったことをブツブツと愚痴った。口にはしないだけで、雅紀も同感であった。

それにしたって……。二人だけで遊びに行くなんて、いつの間に、そんなに仲良くなったのだろうか。

だいたい、遊ぶときには子どもはひとまとめで行動することが多い。それは、そのほうが親も安心するからだ。

雅紀たちが通う小学校でも週に一度は合同レクレーションの日を設けており、その日は六年生がリーダーになって学年差を越えた班《グループ》で行動するようになっていた。

その班分けは公明正大なクジ引きで決まるので、自分の希望は通らない。つまりは、人間関係の当たり外れがあるのは当然のことで。それによって、いろいろなことを学ばせようという意味があった。

グループ同士を競わせるのではなく、自分たちで考え、協調することを学び、ひとつのことを達成する喜びを知り、学年差の壁をなくして親しくなる。——というような。

帰省中の従兄弟同士も似たようなものである。

ゲームをするか、サッカーをするか、虫捕りをするか。だから、沙也加はいつも不満顔だった。男の子遊びばかりで、自分だけが損をしていると思っているらしい。頭数からいけばどうやったって男が多いのだから、文句を言われてもしょうがない。

それに。ゲームにしろ虫捕りにしろ、嫌ならひとりで本でも読んでいればいいのに、基本が負けず嫌いな沙也加は絶対に『イヤ』とは言わないのだ。それで勝負事になるとかなり熱くなって、年下の弟と従兄弟たちを負かすことにエネルギー全開なのだった。

そういうわけで、零と瑛が兄弟でツルむことはあっても、その逆はない。そう、思っていた。瑛は裕太との意地の張り合いはしても、基本、いつも零にくっついていたし。尚人はたいがい、何をするにしても雅紀のそばを離れなかったからだ。

(ホントにもう、どこに行っちゃったわけ?)

そんな雅紀の心配――ある意味、不満? ――をよそに、大人たちですらもが、

「二人とも、腹が空いたら戻ってくるだろう」

などと、誰も大して気にもしていなかった。逆に、

「雅紀は、相変わらず尚人のことになると心配性だなぁ」

――だの。

「お兄ちゃん気質丸出しだよな」

――などと、茶化される始末である。

だって、しょうがない。雅紀は一番の年長者なのだから。大人たちも、そんな雅紀だからこそ子どもたちのリーダー役を振っているのだし。

ただし。これが尚人絡みでなかったら、雅紀だってここまで入れ込んだりはしない。

空腹になったら、戻ってくる。

それは、そうだろうが。雅紀が不快なのは、雅紀に黙って、雅紀の知らない場所に尚人が遊びに行ってしまったことだ。

なんだか、ムカつく。

——苛《いら》つく。

（だから、行く先くらいちゃんと祖母ちゃんに言っとけって）

雅紀たちが通う小学校では、放課後の生活習慣として、とにかく家までは寄り道をしないで帰るようになっている。学童保育であっても、なくてもだ。それから遊びに出るときには、誰とどこで遊ぶのかちゃんと親に伝えてから家を出るようにと教えている。

それは、県内の別の小学校で男子児童が自転車に乗って家を出たまま行方不明になり、一週間後に山沿いの側溝で死体となって発見されたことが教訓になっているからだ。

犯人は、いまだに捕まっていない。痛ましい事件だが、決して他人事《ひとごと》ではない。それを痛感した親は多いだろう。同じことが二度起きないという保証はどこにもないからだ。

放課後に子どもを一人にさせないための学童保育の延長なども話題になったが、なんにせよ、どれほど気をつけていても、ほんのわずかな気の緩みが最悪な事態を引き寄せてしまう引き金になることは否定できない。

それもあって、篠宮家では冷蔵庫の扉にぶら下がっているホワイトボードに、ちゃんと出かけ先を書いておくのがルールになった。あの面倒くさがりの裕太ですらもが、それだけはきちんと守っている。

だから、なおさら雅紀は不満なのだった。ルールは、どこにいてもルールに変わりはないのだから。

叔父の家ではそういう決まり事がないこともあってか、瑛などは、

「うわ……めんどくさそう」

本音がダダ漏れだった。

それが高じて、また裕太との口喧嘩《バトル》に発展したのは言うまでもないが。その点、思ったことがすぐに顔にも口にも出る弟と違って思慮深い零は、我が家のルールにはそれなりに感心してもケチなどをつけたことは一度もなかった。

なのに、である。

雅紀が思うに。堂森に帰省して、大人たちは——特に父親たちはここがかつての自分たちの安全地帯《テリトリー》だったこともあり、すっかり気が緩んでいるのではないだろうか。

夕食時になれば、腹が空いて戻ってくる。

だが。そのときになっても、尚人と零は家に戻ってこなかった。

それでようやく、大人たちも慌てて本気で心配しはじめたのだった。

皆で手分けをして、二人が行きそうな心当たりを探しに出る。雅紀もじっとしていられなくて、近くの公園に行ってみたがいなかった。

——なんで?

——どうして?

——こんなことになっちゃったんだろう。

自分がそばについていたら、絶対にこんなことにはならなかったはずなのに……。

そうして。午後の六時を過ぎ、警察に連絡をしようかと誰かが口にしはじめた頃。父親《慶輔》の携帯電話が鳴った。

市内の病院からだった。二人が、熱中症で保護されたと。

大人も子どもも、とりあえず、皆が一斉に安堵《あんど》のため息を漏らした。とにかく、二人の無事だけでも確認されたからだ。

双方の親たちはすぐさま車で病院に出かけた。尚人のことが心配で、本当は雅紀も一緒に行きたかったが父親には家で待っていろと言われた。

それから、しばらくして。病院に着いた父親から、第一報があった。どうやら、二人とも大事ないとの連絡に皆が同じように心から安堵した。

その一方で、雅紀はジリジリした気持ちで両親の帰りを待った。

——熱中症って、なんだっけ?

——どうなるんだっけ?

——本当に、大丈夫なのか?

そのことばかりを考えて、新たな呪縛《じゅばく》に嵌《はま》る。

ドクドクと鼓動が逸《はや》り、こめかみを蹴《け》り付ける。

『もしも』

『だったら』

『していれば』

今更そんなことを考えてもしょうがないのはわかっていたが、尚人の顔を見るまでは不安で、心配で。遅々として進まない時間がどうにももどかしくて、無性に腹立たしくて。ピリピリと神経が尖《とが》った。

沙也加が、裕太が、瑛が。そんな雅紀を視線で窺《うかが》っているのが、更に苛ついた。

そして。ようやくガレージで車の止まる音がしたとき、雅紀は脱兎《だっと》の勢いで玄関へと走った。

尚人と零が、わずかに青ざめた顔つきで両親とともに帰ってきた。

とりあえず、見た目の顔色が優れないこと以外はどこにも怪我《けが》もないようで雅紀はホッとした。

沙也加も裕太も瑛も、張り詰めていたモノが一気に緩んだようだった。

「まぁ、まぁ、零君も尚君も無事で本当によかった。おばあちゃんたち、みんなで心配してたのよ？」

祖母が、皆の気持ちを代弁する。

それは、二人とも充分にわかっているのだろう。

「心配かけて、ゴメン……なさい」

「ごめんなさい」

零と尚人が、俯きかげんでボソボソと口にする。

——と。

「この、バカ者がッ。何をやってたんだッ！」

頭ごなしに祖父が一喝《いっかつ》した。

——瞬間。二人は竦み上がった。ただ顔が強ばりついたのではなく、まさに、全身で竦み上がったというのが正しい。

それがあまりに目に痛くて、雅紀ですら言葉を呑《の》んで固まった。

「皆に心配かけて、ごめんなさいで済むと思っているのかッ！」

更に怒鳴られて、二人の顔色は一気に蒼ざめた。

「親父。そんなに怒鳴るなよ」

「そうだよ。二人とも無事だったんだから、それでいいじゃないか」

我が子の半端なく硬直した顔を見やって、父親と叔父が口を揃えて庇《かば》う。

だが。それも、祖父の怒りに油を注いだだけだった。

「おまえたちがそうやって甘い顔をするから、付け上がるんだッ」

まだ怒鳴り足りないとばかりに声を荒らげる祖父に怯《おび》えて、零がクシャリと顔を歪めて鼻水を啜《すす》り上げる。——と、釣られたように尚人の眦からも大粒の涙がポロリとこぼれた。

間近でそれを見ていた雅紀は、その一瞬、心臓を締め付けられるような気がした。

自身も三兄弟の父親である祖父は、とにかく物言いがキツイ。

厳格と言えば聞こえはいいが、祖父のそれは癇癪《かんしゃく》に近い。しかも、孫に対しては明確なエコヒイキがあった。

それは、日頃の祖父の言動からも知れる。祖父は、男というものはこうあるべきだ——という思い込みがあり、その規格から外れることを嫌うのだ。その信条は三人の息子に対してだけではなく、孫にも適用された。

もしかしたら本人は隠しているつもりなのかもしれないが、ダダ漏れである。もしも、これが裕太や瑛だったら祖父の口調も違っていただろう。

それが誰の目にも一目瞭然の事実であったから、雅紀は、祖父が自分には一番甘いという自覚があっても祖父のそういった一面が好きではなかった。

かといって、今更、祖父の性格が変わるとも思えなくて。それは、日頃の大人たちの口ぶりからも明らかだった。

だから、思わず。

「俺が悪いんだよ。俺が家に残ってナオたちのことをちゃんと見てればよかったんだよ。ごめんなさい」

口走ってしまった。

言わずにはいられなかった。

これ以上、耳障りな祖父の怒鳴り声を聞きたくなかったからではない。尚人の怯えた泣き顔を見ていられなかったからだ。

まさか、雅紀がいきなりそんなことを言い出すとは誰も思っていなかったのだろう。皆は、こぞって雅紀を見やった。双眸《そうぼう》を見開き、唖然と驚愕《きょうがく》して。そして、大人たちはどこかバツが悪そうに視線を泳がせた。

「まぁ、とりあえず、メシにしよう。な？　みんな腹が減ってるだろう？」

伯父が言うと。とたんに、誰かの腹がキュルキュルと鳴った。

けれど、誰も笑わなかった。

――笑えなかった。

「ほら、祖母ちゃん。メシ、メシ。奈津子《なつこ》さんも麻子さんも、メシにしよう。沙也加も瑛も裕太も、ほら、みんな手伝って」

それでようやく、どんよりと重かった場の空気がぎくしゃくと動き出した。

痛すぎて刺々しかったものが、静かに沈下する。

伯父は雅紀に歩み寄ると、

「ゴメンなぁ、雅紀」

大きな手で雅紀の頭をグリグリと撫でた。

何が『ゴメン』なのか、雅紀には今ひとつわからなかったが。とりあえず、コクリとひとつ頷いて。エグエグとしゃくり上げる尚人のそばに飛んでいった。

「ナオ。ほら、おいで。もう泣かなくていいから。ご飯、食べよう」

雅紀が指先で涙を拭ってやると、尚人がギュッとしがみついてきた。小さな肩がヒクヒクと震える様がどうにも可哀相で。雅紀は、

「大丈夫。……大丈夫」

その背中をゆっくりと何度も撫でてやった。尚人の嗚咽が収まりきるまで……。

当然のことながら、その夜の焼き肉パーティーはまったく盛り上がらなかった。皆が皆どこかぎくしゃくとして。いつもはうるさいくらいに賑やかな食卓に、沈黙の嵐が吹き荒れた。

子どもはチラチラと大人の顔色を窺い、大人は無駄話をするのも疲れたようにビールを呷《あお》り、祖父は厳《いか》めしい顔つきのままで。肉の焼ける香ばしい匂いと滴る肉汁の音だけが、やけに大きく響いた。

翌朝。

緊張感と泣き疲れてドッと疲れが出てしまったらしい尚人は、いつもの時間になってもなかなか起きてこなかった。それは零も同様らしく、いや……もともと虚弱体質な零は祖父にどやしつけられたことがよほどのストレスだったのか、また熱を出して寝込んでしまった。

それを聞いて、

「本当に軟弱すぎる」

祖父がまた暴言を吐く一幕があって。

「親父、いいかげんにしろよ」

さすがに叔父も声を荒らげ、朝の食卓の雰囲気は更に悪くなった。

言わなくてもいい一言を口にして、場の空気を険悪にする。一番の年長者のくせして、なんで、どうして、祖父はこんなに大人げないんだろう。

見苦しい。

みっともない。

情けない。

自分の祖父であることに、ある種の嫌悪感が募る。間違ってもこんな老人にはなりたくないな、雅紀は本音で思わずにはいられなかった。

朝食後。

父親が外に煙草《たばこ》を吸いに出たとき、雅紀も後を追った。

「ねぇ、お父さん。昨日、ホントは何があったの？」

それを聞きたかった。皆がいるところではどうにも聞きにくい……聞いてはいけないような雰囲気だったからだ。

二家族の両親が昨日のことをあえて話題にしないのは、零と尚人のことを思いやってのことかもしれないが。雅紀は、どうにも気になって。

父親は一瞬、ためらって。吸っていた煙草を捨て、爪先で揉《も》み消した。

「それがなぁ。尚人が言うには、二人で裏山に鳥の巣を見に行ったらしいんだが」

「鳥の巣？」

「零が、見つけたらしい」

「そうなんだ？」

そういう話は、一度も零から聞いたことがない。

もしかして、バードウオッチングが零の趣味だったのか？

「ヒナがいたそうだ」

野鳥の雛《ひな》など、見ようと思っても滅多に見られるものではないだろう。

「……で、もっと近くで見たくなって二人で木に登ったのはいいが、降りる段になって、思った以上に高かったもんだから、下を見ると足が竦んで降りられなくなってしまったらしい」

(あー……そういうこと?)

雅紀はそれで納得する。

行きは好奇心のノリで木に登れても、帰りはコワイ。もしかしたら、実際にはそんなに高くはなかったのかもしれないが、なにせアクティブという言葉には縁遠い小学二年生と一年生のコンビである。

「……で、どうやって降りたわけ?」

「二人が大声で叫んでいるのを偶然ハイカーが見つけて、助けてもらったらしい」

雅紀は、一瞬ドキリとした。

「うわ……それって、もしかしたらけっこうヤバかったとか?」

「まぁ、今回は大事にならずに済んでラッキーだった。尚人が俺の携帯番号を覚えておいてくれて、ホントよかったよ」

本音でそう思っているのだろう。父親の顔つきは真剣そのものだった。

「だから、祖父ちゃん、あんなに怒ってたわけ?」

それだけではないだろうが。父親は、返事をする代わりにどんよりとため息をついた。

心配が高じて、二人の顔を見た安堵感が一瞬にして無謀な行為への怒りにすり替わる。それは、わからなくもないが。要は物言いだろうと思わずにはいられない雅紀であった。

(だからって、あれはやりすぎだよ)

皆、そう思っているはずだ。

「それで、熱中症？」

普段通りならば、尚人は必ず水筒を持参するはずである。真夏に帽子と水分補給は常識である。それだけは、母親も口酸っぱく念押ししていた。つい浮かれて、そんなことも忘れてしまったのだろうか？

それを思うと、しんなりと眉根《まゆね》が寄った。

（やっぱり、ナオにはちゃんと俺がついてないと）

改めて思う雅紀であった。

「あー、零がな。普段なら別になんともなかったんだろうが、病み上がりだからな」

「それでも、見に行きたかったんだ？」

「今年はキャンプにも行けなくてさんざんな夏休みだったから、最後にちょっとだけ冒険をしてみたくなったんじゃないかな。まぁ、その気持ちはわからなくもないが」

だが。

――しかし。

大変、間が悪かった。

つまりは、そういうことなのだろう。

（零君とふたりで冒険か……。ちょっとムカつくよな）

それも、尚人が無事だったからこそ言えることだが。

「……雅紀」

「なに？」

「おまえ……祖父ちゃん、好きか？」

それは、いったい、どういう謎かけなのだろう。束の間、雅紀は思い悩む。父親がどういう答えを期待しているのか――わからなくて。

すると。父親はわずかに口の端を歪めた。

「こういうのを、愚問って言うんだろうな」

真意が読めなくて、雅紀はただ父親を凝視した。

それから、ずいぶんと遅れて尚人が起きてきた。目がやけに腫《は》れぼったいのは、寝付くまでさんざん泣きまくったせいだろう。

「おはよう、ナオ」

雅紀が先に声をかけると、尚人ははにかんだように笑った。

「おはよ、まーちゃん」

声がずいぶん嗄《しゃが》れているのは、泣いたからというより、父親が言っていたところの助けを呼ぶために叫びまくっていたせいかもしれない。

「ナオ。昨日は零君と鳥の巣を見に行ったんだって？」

尚人は一瞬、目を瞠り。

「さっき、お父さんに聞いた」

それを言うと、尚人は決まり悪げにぎくしゃくと目を伏せた。

「でも、ちょっと残念だったな」

その頭をグリグリ撫でてやると。

「……うん」

クスンと小さく鼻を鳴らした。

「次は、俺も一緒に連れて行ってくれる？」

「うん。ゴメンね、まーちゃん」

それで、ようやく落ち着いたのか。

「あのね。ヒナ、すっごく可愛かったんだよ？　クロツグミっていう鳥のヒナなんだって。零君、図鑑で調べたんだって。スゴイよねぇ」

嗄れた声で、尚人は零との冒険談を詳しく語り出した。

雅紀に黙って出かけたことへの後ろめたさがあるのだろう。事後報告でもいいからここできちんと言っておかなければならないという思いがあるのか、二人で道すがらいろいろな話をしたことから始まり、尚人の口は止まらなくなった。

（や……別に零君はどうでもいいんだけど）

そう思いながらも、せっかく復活してきた尚人の気持ちが盛り下がらないようにフンフンと適当に相槌《あいづち》を打つ雅紀であった。

結局。零と尚人の裏山探検談は裕太と沙也加の知るところとなり、裕太は例によって例のごと

く、

「ナオちゃん、鈍くさい」

あっけらかんと言い放ち。沙也加は、

「尚のせいでお兄ちゃんが謝るなんて、おかしいじゃない」

ブーブー文句を垂れた。

それもこれも尚人と零が大した怪我もなかったからこその、いつもの日常の範疇《はんちゅう》だったりするのだろう。

そして。堂森の家を去る日、零が意を決したような顔つきで雅紀に駆け寄ってきた。

「あの……雅紀さん、ごめんなさい」

言うなり、零は深々と頭を下げた。

「尚君、なんにも悪くないから。俺が尚君誘ったのに、俺……気分が悪くなってヘロヘロになっちゃって。尚君のせいじゃないのに、尚君までいっぱい怒られて……。ごめんなさい」

零は早口でまくし立てた。尚人のためにここまで必死になれる零が、なぜだかほんの少しだけ癇《かん》に障る。

「零君は悪くないよ?」

ただ、間が悪かっただけ。アクシデントはいきなり降ってくるものだから。でも、二度とこういう気持ちにさせられるのは嫌だった。

「大丈夫。零君もナオも、悪くないから」

慰めには程遠いかもしれないが、口にする。

それでも、零には零の思うところがあるのだろう。力いっぱい下唇を嚙み締めるだけだった。

そんなに嚙んだら唇が切れてしまうのではないかと、そっちのほうが心配になったくらいである。

(零君って、けっこう生真面目だよなぁ)

つい、思ってしまう雅紀だった。

§§§

(結局、あの夏が最後になっちゃったんだよな)

当時のことをつらつらと思い出して、雅紀は内心でひとりごちた。

(なんだ。こうやってみると、けっこう思い出せるもんだな)

意外だった。記憶は——セピア色の過去は無理に掘り起こさなくても、連鎖するものなのかもしれない。

それは、今がそれなりに充実しているからだろう。

翌年は沙也加の念願が叶って、堂森には帰省せずに家族でディズニーランドに行った。両親にとっては帰省するよりも痛い大出費だったかもしれないが、沙也加たちは大喜びだった。

大いにハシャぎ、いっぱい笑い、疲れてもハイテンションで乗り切った。本当に、あれがささやかな幸福の見納めになった。

叔父一家も、その年は智之本人の転職もあって帰省は見送ったらしいが。なんとなく、理由はそれだけではないような気がした。

未婚の明仁伯父だけは例年通りに堂森に行ったようだが、祖父母にとってはめっきり淋しい夏休みになったようだ。ある意味、自業自得だったかもしれないが。

そして。その年を最後に、皆で集まることもなくなってしまった。

中学生になって雅紀が剣道を始め、夏休みも部活のスケジュールが最優先になってしまったからだ。

沙也加も、裕太も、真逆の意味で不満タラタラだった。

剣道が面白くて部活にどっぷりのめり込んでしまった雅紀は、自分抜きで妹弟たちが夏休みを好きなように楽しんでもまったく構わなかったのだが。

「だって、お兄ちゃんと一緒じゃなきゃ意味ないもん。どこに行ったって、何をやっても楽しくないに決まってるし」

沙也加は口を尖らせ。

裕太は雅紀がいなくてもキャンプに行く気マンマンだったが、結局、それもお流れになって。

「なんで、どうして、なんでもかんでも雅紀にーちゃんの都合に合わせなきゃならないわけ？　そんなの、不公平じゃん」

目の端を吊り上げて、ブーブー文句を言った。

尚人は尚人で。

「まーちゃんが行かないんなら、俺も留守番でいい」

あっさり言い放った。

母親は、そんな様子をハラハラと見つめ。父親は腕組みをしたまま、ただじっと眺めていただけだった。

そして。父親の不倫が発覚した。

(よくよく考えてみると、あっちの兄弟と顔を合わせるのも……八年ぶり?)

本当に久しぶりなのだと、今更のように思う。さっきの今まで、そんなことはチラリとも考えもしなかったが。

(どことなく面影は残ってるって感じだけど)

瑛はともかく、零は。それを実感していると。最後の最後になって、なぜだか、零とバッチリ視線が絡んでしまった。

すると。零はごく自然体で、きっちり深々と頭を下げた。

(やっぱり、クソ真面目なとこはぜんぜん変わってねーな、零君)

こんなときに不謹慎かもしれないが、つい、口の端で笑ってしまう雅紀だった。

Niju-Rasen Gaiden

Nesshisen

# 邂逅

【今晩、暇か?】

いつもながらの唐突さで加々美蓮司《かがみれんじ》からの携帯メールが届いたのは、午後イチのグラビア撮影が終わった直後のことだった。

今日は他のモデルとの絡みがないピンでの撮りだったので、余裕でサクサクと予定時間内に終わったところだった。いつもこれくらい仕事がスムーズに捗《はかど》ると、本当に気分よく帰れるのだが。

そこへ、まるで計ったかのような頃合いである。

(タイミングが良すぎだろ)

思わず、ため息がこぼれた。

メールにしろ、電話にしろ、加々美からの誘いはいつもドンピシャだった。

ときおり、本音で、雅紀《まさき》のスケジュールを完全把握しているのではないかと思ってしまうほどだ。それがまったく嫌ではないから、かえって――困る。つい、雅紀の口の端も綻《ほころ》んでしまうのだった。

【はい、大丈夫です。飯でも食いに行きますか?】

即レスで返すと。

【いや。今夜はメシよりも、じっくり飲みたい気分。おまえ、明日のスケジュールはどうなってる?】

やはり、即レス返しであった。

いつもと違って電話ではなくわざわざメールで返してくるのだから、もしかしたら、加々美も今は完全なオフではないのかもしれない。加々美は加々美で、相変わらず超多忙な日々……らしいので。

ウチの高倉《マネージャー》は鬼だから——と言うのが、加々美の口癖である。しかも、魅惑的なウインク付き。

三十路《みそじ》を過ぎても、メンズモデル界の帝王は相変わらず『ヤンチャ』で『チャーミング』だが。どちらかといえば、正統派を食ってしまう艶悪《いろあく》ではないかと雅紀は思う。

本当に、加々美の色香には独特の華があった。誰にも真似《まね》のできないオーラを醸し出しているから、いまだに、加々美はメンズのトップを張り続けていられるのだろう。

その一方で。加々美くらいのキャリアになると、モデルとして雑誌に載る回数よりもスポンサーとの会食や企画会議に出ることの方が多くなるのだろう。いまだに、業界では『独立』の噂《うわさ》があれこれと飛び交っているのも、そのせいかもしれない。

【午後からの衣装合わせが一本入っているだけなので、じっくり付き合えます】

【じゃあ、午後八時に『アクシア』でどうだ?】

【了解です】

簡潔明瞭《めいりよう》にメールを打ち終わると、雅紀は携帯電話をジャケットの胸ポケットにしまった。

(ンじゃ、まずは昼飯かな)

正確にはかなり遅めの昼食で、時間的なことを言えばちょっと早めの夕食になるのかもしれないが。

煌《きら》びやかなネオンがひしめき合う不夜城……と言えば大袈裟《おおげさ》かもしれないが。バブルが弾けてしまったあともそれなりにしぶとく賑《にぎ》わっている歓楽街を眼下に見下ろす高層ビルの一角に、クラブ『アクシア』はある。

シックで上品、落ち着きのある燻《いぶ》し銀的な色彩でコーディネートされた会員制クラブである。ドレスコードがあるわけではないが、そこには暗黙の了解というものがある。

しかし。金を出せば誰もが入会できるというわけではない——らしい。

入会資格がどうなっているのか、雅紀は知らない。厳密に言えば会員《メンバーズ》なのは加々美であって、雅紀はただのオマケにすぎないからだ。

会の規約がどうなっているのかも知らない。とりあえず、加々美の連れであることが証明されれば門前払いを喰わされる心配はないということだ。

クラブは、いつ来てもそれなりに混んでいる。むろん、今夜も例外ではない。

ボックス席とカウンター席を仕切るパーテーション代わりのアクアリウムは色とりどりの熱帯魚が泳いでいる。名前は知らないが、群れて泳ぐ様はずいぶんと可愛《かわい》らしい。

一匹何百万円もする高級魚が悠然と泳いでいるよりも、こちらのほうがずいぶんと目に優しいし、癒《いや》される。

「いらっしゃいませ、加々美様」

フロア・マネージャーの案内で、カウンター席に並んで座る。

いつも思うことだが、接客業の基本は記憶力と立ち居振る舞いだと思う。フロア・マネージャーともなると、顔を見ただけで会員のプロフィールが頭の中でフル回転するのかもしれない。きちんと名前を呼んで対応するのも、基本中の基本。ましてや、こういう会員制クラブではスタッフの物腰は洗練されているのが絶対条件なのだろう。

「じゃあ、まずは今日も一日お疲れさん……ということで」

「お疲れさまでした」

手にしたグラスをコツンと押し当てる。

仕事終わりにキリキリに冷えたグラスで飲むビールは、文句なく美味《うま》い。

「んー……美味い」

加々美が破顔し。

「……ですね」

釣られて、雅紀も相好を崩す。

「で？　今日はまた、どうして？」

飯ではなく、酒——なのか。いつもだと、行きつけの和食店『真砂《まさご》』で晩飯のパターンなのだが。

「『タカアキ』がうるせーから」

「なんですか、それ?」

まったく答えになっていませんけど。

一瞬、それを思い。

「もしかして、相変わらずあの駄犬に飯をたかられているんですか?」

横目で窺《うかが》う。

同じ事務所の大先輩である加々美が大好き——を公言して憚《はばか》らない新人モデル『タカアキ』は、プライベートで加々美と食事をしたくてたまらないらしい。仕事の打ち上げ込みで加々美と食事をともにしたことはあっても、まだ一度も加々美のプライベートに踏み込ませてはもらえないからだ。

それも、これも。このところなんだかんだで仕事が被《かぶ》る『タカアキ』の前で。

——おーい、雅紀。メシ、行くぞ。

加々美がこれ見よがしに他事務所の雅紀を食事に誘うからだ。

雅紀も、その手の誘いを断ったことはない。

スタッフの眼前で正々堂々、名指しで雅紀を食事に誘うツワモノは加々美くらいなものである。

しかも『MASAKI』読みではなく本名のほうでともなると、どれだけ親密なのかが丸わかりであった。

雅紀的には、これっぽっちもライバルなどと思ってはいないが。何かとそれ意識を剝《む》き出しにしてくる『タカアキ』にとって、キャリアでも、仕事絡みでも、プライベートでも、雅紀は頭の上の鉄板――大いなる不満の元であるらしい。

それもあってか、加々美の顔を見れば事あるごとに『飯を奢《おご》ってくださいい』を連発しているのは、もはや見慣れた日常の一コマである。

先日も、事務所の大先輩である前にメンズモデル界の帝王であるところの加々美に向かって『ラーメンライスでもいいから』などとほざいていた。

周囲の者たちからは、あからさまに『おまえ、バカだろ』的に呆《あき》れられていたが。まったく、堪《こた》えていない。

空気を読めないにもほどがある。

――が。そういう、どこか憎めないおバカぶりも魅力のうち――らしい。雅紀には、ＴＰＯをわきまえないただの駄犬にしか見えないが。

「あんまりうるせーから、こないだ付き合ってやったんだけど」

「『真砂』に？」

――まさか。

わずかに片眉《まゆ》を跳ね上げて、即座に加々美が否定する。

それを見て、雅紀はなんだかホッとした。

加々美との『真砂』での食事は、雅紀にとっては数少ない癒しのスポットである。そのプライベートな空間《テリトリー》に傍若無人な駄犬《タカアキ》を連れ込まないでいてくれたことが素直に嬉しかった。それこそ、雅紀の勝手な思い込みかもしれないが。

「質より量を食う奴には、もったいなさすぎるだろ」

本音でバッサリ切り捨てる加々美であった。

(……確かに)

雅紀自身、美食家を気取るつもりは毛頭ない。なんといっても、家で食べる尚人《なおと》の手料理がサイコーに美味いと思っているからだ。

ただ。加々美に連れられていく先々での食事は、ただ空腹を満たすためだけではなかった。基本的なマナーや店のしきたりなどをきちんと身に着けるという意味においては、もの凄《すご》く勉強になった。

実体験に勝る経験はないからだ。

見る。

聞く。

嗅《か》ぐ。

味わう。

食べるという行為にはそれなりの付加価値があるのだということを、雅紀は加々美に教えてもらった。

「プライベートなメシは、じっくり味わって食いたいからな」

しみじみと漏《も》らすその口調に、念願叶《かな》った『タカアキ』がいかにハイテンションだったかが窺い知れて、雅紀は片頬《ほお》で薄く笑った。

「なんだ？　その、いかにも意味深な笑いは」

「いや……。なんか、あいつのハシャぎっぷりが目に見えるようで」

加々美はひとつため息を落とすことで、それを肯定した。

予想に違《たが》わず、駄犬の尻尾《しっぽ》は千切れるほどに振りまくり……だったに違いない。

「あいつ、加々美さんに餌付《えづ》けされたがってるのがミエミエですから」

いろんな意味で。

駄犬には駄犬なりの野望も目論見《もくろみ》もある。それは、決して、雅紀だけの穿《うが》った見方ではないだろう。

外であれなのだから、内ではもっとあからさまなのではないだろうか。それで、加々美の許容範囲を計っているのかもしれない。

「あのハイテンションぶりには、さすがに『ショー』も呆れてた」

『タカアキ』も『ショー』も、加々美が所属する事務所『アズラエル』イチ押しの新人である。『タカアキ』が態度のデカすぎる駄犬ならば、『ショー』は万事ソツのない美猫だった。そういうタイプの違う大型新人を同時に売り出せるのが、業界屈指と言われる『アズラエル』の底力なのだろう。

「なんだ。あいつも一緒だったんですか？」

「そりゃ、そうだろ。でないと、示しがつかないからな」

シメシ。

ケジメ。

同じ事務所だからこそのルールは無視できないというところか。

「なかなか大変ですね、事務所の大先輩っていうのも」

そういう意味では所属事務所が大手の『アズラエル』でなくてよかったと、つくづく実感しないではいられない。でなければ、加々美とのこういう関係性は持てなかったかもしれないと思うと特に。

そうやって『タカアキ』をツマミに、グラスビールから加々美がボトル・キープしておいたウィスキーの水割りへと変わる。

さすが会員制だけあって、酒の飲み方も知らない連中《ガキ》もいなければ不粋な携帯音も鳴らない室内は、本当に酒と会話を楽しむためのゆったりと寛げるプライベート空間だった。こういうのを『ステータス』と言うのかもしれない。

何杯かグラスを重ねる頃には、室内の一画ではピアノの生演奏が始まっていた。

このクラブでは、ピアノに限らずサックスやバイオリンなど、日替わりで様々なジャンルの生演奏が楽しめるのがひとつのウリになっていた。

メンバーズ・クラブといえども、足繁《しげ》く店に通ってもらうための努力は怠《おこた》らない。そのためのアイテムとしての生演奏は特別に目新しいわけではないが、前もって告知されているわけではなく当日やって来てみて初めてわかる、ある種サプライズ的な演出が功を奏していた。

雅紀が初めて加々美に連れてきてもらったときには、二台のチェロによるアンサンブルだった。それも通常のクラシック演奏ではなく、なんとハードロックのアレンジバージョンであった。チェロでハードロック。

思いもつかないというか、その『ありえねーだろ』的な超技法に、目からウロコどころか完璧《かんぺき》にノックアウトされた。

あまりに鮮烈すぎて、じっくりと酒を楽しむ余裕もなかった。それほど刺激的なパフォーマンスだった。それが証拠に、いつもは静かであろう室内が割れんばかりの拍手喝采《かっさい》だった。

ここの採用基準がどんなふうになっているのかわからないが、加々美の話によれば、ずいぶんと狭き門であるらしい。そのせいか、パフォーマーの年齢も演奏スタイルも変化に富んでいた。

今夜のピアノの生演奏は、映画の題名は思い出せないがどこかで耳にしたことがある映画音楽のメドレーだった。しかも、ボサノバ調であったりタンゴ調であったり、かなりの自己アレンジがきいていた。

「あー……この曲、なんだったかな。どっかで聴いたことがあるんだけど」

グラスの縁を人差し指で撫《な》でながら、不意に加々美が言った。

「ん〜と、あれだよ、あれ」

喉《のど》まで出かかっているのに、あと一押しが足りない。そんな感じ。いつも余裕綽々《しゃくしゃく》の加々美が眉根を寄せて思い悩む顔つきが、なんだかおかしくて。

「『シークレット・ラブ』……ですよ」

雅紀がボソリと漏らすと。加々美は、ようやく彷徨《さまよ》っていた思考の迷宮から抜け出せたかのように視線を跳ね上げ。

「そう。それだよ、それ。なんだ、雅紀、おまえよくわかったな」

グラスを一口呷《あお》った。

「ナオのお気に入りの曲なんで」

オリジナルはクラシカルな夜想曲《ノクターン》だが、これもまた激しくアレンジのきいたジャズ調だった。耳にする曲すべてが、まるで題名当てクイズのようだった。正解してもなんの景品も出ないが、知的好奇心は満たされる。

原曲を知っていても加々美のように、気になって思い悩む者もいるだろう。

わかっているのに、答えが出てこない。

なんだっけ。

……なんだっけ。

………なんだっけ。

気になって酒を飲むどころではなくなる。もしかしたら、それがパフォーマーの狙《ねら》い所かもしれないが。

(ただのBGMじゃ終わらせないぜ……ってか?)

それだけでも、今夜の奏者の力量が知れるというものだ。音楽は楽しくなければ意味がない。

まさに、その実践者であるに違いない。

「そうなのか？」

「はい」

「えーと、もしかして、おまえが尚人君に弾いてやったことがある……とか？」

「まぁ……。ねだられるのがこの曲ばっかりだったんで」

どういうわけか知らないが。尚人にとっては、よほど思い入れがあるのだろう。

「へぇー……。そりゃまた、なんというか」

加々美の言いたいことはわかる。Ｒ15指定映画《ラブ・ロマンス》など、尚人が知るわけがないのだから。雅紀だって、あるとき偶然耳にしたテーマ曲に純粋に惹《ひ》かれただけのことで、いまだにＤＶＤは見たことがない。

日常生活において、そういうことは多々ある。

テレビのＣＭで流れた楽曲のフレーズとか。カーラジオで偶然耳にしただけとか。ながら仕事をしていたときに耳に入ってきたワンコーラスとか。そういう、やけに耳に残ってしょうがないモノが、たぶん、脳のどこかを……何かを刺激するのだろう。

「だから、テーマ曲だけ好きなんですって」

「おまえが？」

誤解のないように、そこだけはきっちりと強調しておく。

「ナオも、です」

つい先日も、リクエストされたばかりだ。

今ではもう弾き手がない、かつての幸福の象徴であった我が家のピアノは、リビングの片隅で埃《ほこり》を被ったまま過去の遺物に成り果てていたが。

——なんか、このまま部屋のオブジェにしとくの、もったいないよね。

尚人があまりに愛おしそうにピアノの鍵盤を撫でるものだから、つい口が滑った。

リクエストがあるなら、弾いてやるぞ——と。

そのときの尚人の。

——ホント?

こぼれ落ちそうに見開かれた双眸《そうぼう》は、今でも目に焼き付いている。

(俺って、けっこうな墓穴掘りだったよなぁ)

つくづく、思う。

寝起きの失言まがいのせいで、本当に久々にピアノを弾く羽目になったのだから。

マズイだろ。

ヤバイだろ。

指、ちゃんと動くのかよ?

——とか。深々と後悔しても、あとの祭り?

それでも。

——まーちゃん、ありがと。俺、マジで嬉《うれ》しい。

うるうる、キラキラと目を輝かせた尚人の顔を見てしまったら。

（そりゃ、必死こいて頑張るしかねーよな）

それに尽きた。

自分から言い出したのだから不様な真似はできないというプライドも見栄もあったし。仕事の合間を縫って、そのための練習場所も確保して、とにかく頑張った。

その甲斐《かい》あって、とりあえず兄としての面目は保たれて心底ホッとした。そこらへんの経緯は裕太《ゆうた》にもバレバレで。

――雅紀にーちゃん、ホント、ナオちゃんには激甘つーか。あんなんで幸せいっぱいになれるナオちゃんもたいがい欲がねーなって思うけど。

明け透けに言われてしまった。本当に、充分よけいなお世話だったりするが。

つらつらと、そんなことを思い出していると。

「そういや、おまえとの出会いは新川《しんかわ》の外人クラブだったよな？」

いきなりそんなことを言い出されて、つまみのチーズに伸ばしかけた指が一瞬……止まった。

「よく覚えてますね。そんな昔のこと」

雅紀が高校生の頃の話だ。

人生を語り尽くす――というほど長く生きてはいないが、それでも、雅紀の十代はまさに激動だった。

その余波はいまだに継続中であるが、あの頃のことを思えば、この先なんだって耐えられると雅紀は思っていた。

「忘れるわけないだろ。あれは、まさに運命の出会いだったんだから」

あまりにも真剣な顔つきで加々美が言うものだから、雅紀は口の端で小さくプッと噴いてしまった。

「大袈裟すぎですって」

口では言いながら、否定はしない。なぜなら。

『あの日』

『あのとき』

『あの場所で』

加々美との出会いがあったからこそ、今の雅紀がある。

ただの擦《す》れ違いで終わらなかった、出会いという名のきっかけ。まさに、雅紀にとっては加々美こそが『幸運の女神の前髪』だったのだから。

§§§

父親が不倫の果てに家族を捨てて家を出て行ったとたん、雅紀たちの生活は一気に貧窮した。

父親が生活費をまったく入れなくなったからだ。

ある日突然、日常生活が破綻《はたん》するというリアルな現実を突きつけられて、雅紀は未成年である自分がとてつもなく無力な存在に思えてならなかった。

『幸福は金では買えない』

そんな台詞《せりふ》はただの詭弁《きべん》にすぎない。

金がないという生活というものが、どれほど惨《みじ》めなことか。雅紀たちは嫌というほど思い知らされた。

父親がいて、母親がいて、自分たちがいる家族の団欒《だんらん》。それは本当に当たり前すぎて、特に自分たちが幸福であるという認識すらなかった。

だが。日常の平凡から一気に奈落に突き落とされたかのようなどんでん返しに、煮えたぎる憤激とわけのわからない喪失感とで頭も心もグチャグチャになった。

今、自分がいるのが現実なのか幻惑なのか、わからない。足下が常にグラグラと揺れて立っていられないほどの浮遊感。

息が詰まって。

胸が苦しくて。

吐きそうになる、最悪な気分。

それでも、生々しい現実から目を背けてすべてを拒絶しなかった――できなかったのは、ここで自分がしっかり踏ん張らないと残された家族までもが崩壊してしまうという強迫観念だった。

自分は長男なのだから。自分が家族を守らなければならないという義務感と切迫感。家族をゴミのように捨てていった父親への憎悪と意地。その頃の雅紀を支えていたのは、それに尽きた。

あんな父親なんかいなくても、自分たちは負けない。どんな惨めな思いをしても、家族がひとつになっていれば頑張れる。

だから、バイトを掛け持ちすることもためらわなかった。未成年のやれる仕事は、たかがしれているが。

当然、成績はガタ落ちした。睡眠不足で、授業中は朝から机に突っ伏して爆睡。そんなこともザラだった。

そんな雅紀を心配して、親友である桐原《きりはら》が夜のアルバイトを紹介してくれた。

「おまえ、ピアノ弾けるんだったよな？　叔父さんがやってるクラブでピアノ弾きを募集中なんだけど、どう？」

「やる」

即答だった。それだとバイトの掛け持ちをしないでいられるし、たとえ短時間でもいいから部活に集中できた。

家庭の事情がどんなに悲惨でも、雅紀は剣道だけはやめなかった。いや、むしろ、部活に出て剣道をやることで心身のバランスを取っていた。それが正しい。

道着に着替え、竹刀《しない》を握り、蹲踞《そんきょ》する。

深く息を吸い――吐き出す。

そして。現実感を切り離し、頭の中を空にする。

出る。打つ。払う。

出る。打つ。払う。

打つ。

打つッ。

打つッ！

腹の底から声を出し、気合いを込める。

雑念を払って、一心不乱に集中することの意味を知った。

皮肉なことだが、限られた時間に集中することで技の切れ味も増した。

アルバイト先は、桐原の叔父がオーナーであるダイニング・バー『バロン』だった。厨房《ちゅうぼう》の手伝いとピアノの生演奏をさせてもらえることになった。

中学からの部活で剣道を始めてからはほとんど趣味で弾く程度だったが、まさに芸は身を助く——だった。

高校生の水商売のバイトなど、学校側にバレれば即刻停学処分だったのを、桐原たちクラスメートや部活仲間が粘り強く嘆願してくれて特別処置になった。むろん、学力維持という条件付きだったが。

自分は独りじゃない。どんなときでも無条件で支えてくれる仲間がいる。そのことが、無性に嬉しかった。

ただ『頑張れ』と言われても限界はあるが、自分は決して独りではないのだと思うと芯《しん》は揺らがなくなる。家族を支えている自分が、他の誰かに支えられている。その意味を、雅紀は深々と嚙《か》み締めることができた。

桐原の叔父はそういう雅紀の家庭事情を承知の上で、素人演奏に破格のバイト料金を出してくれた。本当に、とてもありがたかった。

そこは場所柄ということもあってか、外国人が多く出入りし……というよりはむしろ常連客は外国人ばかりで、店内は日本語よりも英語が日常語であった。もともと絶対音感に近い耳を持っていた雅紀なので、自然とネイティブ並みに英語が堪能になった。

『言語学習は習うより慣れろ』

至言である。雅紀の英語力は『バロン』で磨かれたと言っても過言ではない。

とにかく。高校を卒業するまで雅紀は『バロン』でピアノを弾き続けることで、ともすれば挫《くじ》けそうな自分を立て直すことができたのである。

剣道とピアノ。そのふたつがあったからこそ、雅紀は母親の死も乗り越えられたのかもしれない。

時間がない。

余裕がない。

金がない。

あれがない。これがない。

夢がない。

希望がない。

未来がない。

自分を惨めにするのは、そういうナイナイ尽くしが人生のすべてだと思い込むことだと知った。

知ることができた。

それを教えてくれた者たちへ素直に感謝することができる自分が、ほんの少しだけ成長できたように思えた。


――ねぇ、ねぇ、知ってる？

――何を？

――○○の××がスゴイらしいよ。

――マジで？

そんな口コミがバカにできないのは、どんな情報も玉石混淆《こんこう》であるからだ。

自分にとって何が有益で、どれが無益なのか。どんなくだらないことでも、視座《アングル》が変われば価値観も変質する。最終的にモノをいうのはそれを見極める直感力かもしれないが。

インターネット上では、その手の話が溢《あふ》れている。地域限定であれ、全国区であれ、クリックひとつで思わぬ発見をすることもある。

【K県Y市の外国人クラブには美貌《びぼう》のピアニストがいる】

そんな書き込みがネット上でひっそり盛り上がり始めたのは、五月初旬だった。だが、加々美は大して興味も関心もなかった。

自称他称を含め、世間には『美貌のピアニスト』など掃いて捨てるほどいる。第一、その『美貌』の定義すら千差万別である。

主観であれ客観であれ、人の審美眼は個人の好き嫌いによって左右されるものである。——と、加々美は信じて疑わない。

要するに、その書き込み情報も鵜呑《うの》みにはできないということである。

年齢不詳、プロフィールも一切明かさないミステリアスがウリなんて、その書き込み自体、客を装ってのクラブ側の自己宣伝《ヤラセ》の類《たぐい》か、でなければ体《てい》のいいただの惹句《客寄せパンダ》だろう。そう思っていたからだ。

だから。

「これ、知ってるか？」

加々美が所属するモデル・エージェンシー『アズラエル』の敏腕マネージャーである……というより、学生時代からの悪友と言ったほうが早いかもしれない高倉真理《たかくらまさみち》から、その掲示板《サイト》を見せられたとき。

（さすが、目敏《めざと》いよな）

そう思った。

モデル＝美形、などではないが。やはり、その手の口コミ情報収集は日々怠らないのが遣り手マネージャーの鉄則であって、その手の勘《レーダー》というか食指が疼《うず》くのかもしれない。

「知ってる」

書き込み情報もけっこう更新されていた。

それも、ただの『らしい』『みたい』『なんだって』といった伝聞ではなく。『見た』『行った』『聴いた』の感想で盛り上がっている。

それで凄いのは、書かれてあるのがミステリアスなピアニストの容姿に関することが百パーセントといってもいいほどのミーハー丸出しなことだ。

【マジ、綺麗《きれい》】

【美形の真髄《しんずい》を見ちゃった】

【どこの国出身なのかわからない美貌がミステリアス】

【彼に比べれば、テレビで騒がれてるイケメンなんてただのゴミ】

称賛と暴言は紙一重である。演奏の感想などひとつもないのが、かえって凄い。

要約すると。黒の長髪で、黒縁眼鏡《めがね》がトレードマークのスレンダーな体型の美青年。それに尽きるが。

加々美などは、逆に、そういうイメージで固定されたある種の胡散臭《うさん》ささえ感じる。

しかも。ネット上の口コミが広がってからは行列待ちの入場制限は当たり前で、常連客ではない、ピアニスト目当てのミーハーな一般客は生演奏が始まる時間にはなかなか店に入れない状態になっている。

——らしい。

運良く入れたとしても周りが外国人ばかりで、その上店内のメニューも会話も英語が主流でなんだか気後れする。

——なのだとか。

「へぇー。けっこうスゴイことになってるんだな」

加々美のスタンスは、あくまで傍観者のそれである。

純粋に酒を楽しみたい者たちにとって、酒の味もロクにわからないミーハー軍団など百害あって一利なし？

書き込みには。

【予約制にして欲しい】

【時間制限すべき】

【生演奏のタイムチケット制を導入して欲しい】

【もっと日本人客を大事にするべき】

手前勝手な意見が目立つ。

（…って、食べホ飲みホの居酒屋じゃねーんだから）

見たいモノが見られないという不平不満が燻《くすぶ》っているのだろうが、あれこれ要求ばかりをゴリ押しするサイト情報にはいささかウンザリする。

「どう思う?」

「何が?」

「これだけ派手に盛り上がっているんだ。一見の価値がありそうだとは思わないか?」

「ピアノの腕前はどうでもいいわけ?」

「まぁ、ぶっちゃけて言えば」

「露骨だな」

加々美は片頬で笑う。

「本人的にこの騒ぎ《フィーバー》をどう思っているのかはわからないが。そこが一番のネックと言えばネックかもな」

「いまだにノーリアクションってことは、露出したくないという無言の意思表示とは思わないわけ?」

店でピアノを弾いてさえいれば、それで満足——とか。本人的には、単に欲がないだけかもしれないし。

「ここまで来れば、本人の意志はどうでも話題性には事欠かないっていうか、世間的好奇心のうねりは無視できないってことだろ」

それは——否定しない。

なんといっても、今は時間差なしで情報を共有できるネット社会である。興味と関心のあることには、もっと貪欲《どんよく》になれるためのツールがある。

「なんか、コネでもあるわけ？　ここ、予約もきかないみたいだけど」

にわかフィーバー人気よりも地元客優先というスタイルが変わるとは思えない。

とにもかくにも、そこに行かなければ何も始まらないわけだが。わざわざ行列に並んでまで――というのは、さすがにパスしたい。

それが、露骨に顔に出たのか。

「メンズモデル界の帝王様を行列に並ばせるわけにはいかないだろ。それこそ、パニックになりかねないし」

高倉に『帝王』などと呼ばれると、なにやら脇腹がムズムズするが。話のキモはそこではない。

「なに。俺が行くのかよ？」

話の流れから行けば、当然、加々美で決まりなのは間違いなさそうだが。一応、駄目元で言ってみる。

「いいんじゃないか？　たまには地方巡業も」

うっすらと片頰で笑う高倉に逆らえるツワモノはいない。少なくとも、この『アズラエル』には。

それから、十日後。

高倉は本当に仕事をねじ込んできた。クラブ『バロン』がある新川まで出向き、噂の真相を検証するというミッションを。

しかも。どういうコネを駆使したのか、基本、予約を受け付けないはずなのに日時指定——だった。

内心のため息が止まらない。

（はぁぁぁ…………）


「おまえの審美眼に期待する」

そう言って手渡されたのは、黒地に金の薔薇《ばら》をあしらった招待状《ゴールドチケット》だった。

（何かのイベントでもあるのか？）

それも行ってみればわかるだろう。

（どうせなら、サプライズのノリがあったほうが楽しそうだしな）

だから。あえて、聞きもしなかった。

モデル業界は一見華やかそうに見えて、その実、容姿だけで食っていけるほど甘い世界ではない。

スポットライトを浴びることができるのは、限られた枠だけ。

そこを目指して、誰もが必死になっている。そして。誰かが、そこから落ちてくるチャンスを窺っている。

露出できる雑誌といっても、ピンキリ。

モデルという肩書きはあっても、ただ待っていても仕事は来ない。現実は、通販カタログや新聞広告の仕事だけ——というのも珍しくない。それだって、顔を売るチャンスをもらえる貴重なアイテムである。

本人の才能とやる気と努力はあっても、プラス『運』と『タイミング』と『コネ』が欠かせない。ときには、仕事を得るためにどこまでプライドを捨てられるかという厳しい決断を迫られる。綺麗事ばかりでは仕事は取れないのだ。

しかも、賞味期限がある。

どんなに努力しても、開かれない扉はある。それは、どんな業界でも似たようなものかもしれないが、容姿のランク付けという基本が不可欠なモデル業界の不文律は、体型を維持するための節制とは無縁ではいられない。

『太る』

『緩む』

『垂れる』

業界の三大禁句である。

それゆえに、無謀なダイエットの果ての拒食症や過食症、ひいてはドラッグに嵌《はま》るという悪循《リ》環《ス》《ク》も無視できない。

（俺の審美眼……なぁ）

長い付き合いだから、高倉の意図は読めても事がスムーズに運ぶとは限らない。

知る人ぞ、知る。――とはいえ、これだけ口コミ情報としてネットに露出しているわりにクラブ側のリアクションが一貫して『取材拒否』というあたり、美貌のピアニストの意向が大きいのではないかと。

高倉から指定された日時に『バロン』が入居している雑居ビルにやって来ると、なにやら人だかりがあった。出入り口のエレベーター前には、

〔五階、クラブ『バロン』。本日は貸し切りのためチケットのないお客様はご入場いただけません〕

日本語と英語で書かれた看板があった。

「えー、ウソ」

「マジかよぉ」

「ちょっと、勘弁してよねぇ」

「ホント、がっくり」

「なら、前もって告知しとけっつーの」

「…ていうか、いいかげんHP作れよって感じ」

需要は腐るほどあるのに、すごい不親切——今どき『ありえねーだろ』というのがユーザー心理である。そんな不平不満など、クラブ側にしてみればまったくもってよけいなお世話だったりするのかもしれないが。

ひとしきり愚痴《ぐち》って、それでもまだ愚痴り足りないのか。エレベーター前の人溜《ひとだ》まりは切れない。

そんな中、幸運にも本日のイベント用チケットを持っている者たちはある意味優越感をチラつ

かせてエレベーターに乗り込んでいく。
——ように見えるのか。せっかく来たのに問答無用で門前払いを食わされた者たちの顔つきは複雑に屈折している。
むろん。その幸運にあやかることができた加々美としては、エレベーターに乗り合わせた外国人たちが、
《最近、あの手のガキどもが増えたよなぁ》
《ホント、うんざり》
《どうせ、CB目当てなんだろうけど》
《CBだって、うんざりなんじゃない?》
《いっそ、日本人お断りにしてしまえばいいのに》
口々に吐き出すのを聞いて、ネット上ではわからない現地事情の温度差を垣間見《かいまみ》たような気がした。
どうやら、件《くだん》のピアニストは『CB』と呼ばれているらしい。名前も年齢も不詳らしいから、それはただのニックネームなのかもしれない。
五階、クラブ『バロン』は大いに賑わっていた。今日が貸し切りなので特別なのか。それとも、普段からそういうノリなのか。初めてやって来た加々美には、そこらへんはよくわからない。
だいたい、今日がなんのイベントなのかも知らない。
——が。ほぼ外国人で占められたフロアは人種の坩堝《るつぼ》と化して、一瞬、ここが日本であること

を忘れてしまいそうであった。会話の主流は英語だが、ドイツ語だのスペイン語だのも飛び交っている。

加々美は、一応、英語とイタリア語には不自由しない。だからこそ、高倉にミッションを任されたのだろうが。

(なんか、エネルギッシュだよなぁ)

そういう加々美自身、もともと日本人離れした容姿をしていることもあって違和感なく馴染《なじ》んでいるのだが。周囲を客観的に注視することはできても、自分のことにはけっこう無頓着なのかもしれない。

中央のテーブルには食べ物が、カウンターには飲み物が。立食形式で皆が好きな物を食い、飲み、会話し、思い思いに寛いでいる。

普段どういうシチュエーションであっても、まず気後れすることなどない加々美だが。さすがに、いつもとは勝手が違う。

(今日がどういうイベントなのか、それだけでも高倉に聞いておけばよかったな)

それも、今更だが。

話のとっかかりがあるのとないのとでは、かなりの差がある。特に、加々美のような新参者にとっては。

(さて……どうしたモンかな)

お目当ては『CB』と呼ばれているピアニストだが、ザッと見渡した限り、フロアにピアノは置いてあってもそれらしき人物はいない。

（もしかして、今夜は生演奏はやらないのか？）

ふと、それが頭のへりを掠《かす》めたとき。豊満なバストを強調した濃紺のカクテルドレス姿の白人女性がグラスを片手に近付いてきた。普段見慣れたスレンダーなモデルとは真逆な肉感的なくびれがひどく魅力的で、思わず目を奪われる。

ゴージャス。一言で言ってしまえば、それに尽きた。

（……わぉ）

さすがに、あからさまな反応こそしなかったが。心の声はある意味ダダ漏れである。

明るい茶髪は両耳をきっちり剝き出しにしたベリーショートだったが、それがよく似合っていた。ピアスはドレス合わせでもあるのだろう、ごくシンプルなデザインのサファイア。胸の谷間には幾何学模様めいた三連のゴールドチェーンが光り輝いていた。

《ハーイ。楽しんでる？》

初対面なのに、やけにフレンドリー。もしかして、このイベントの主催者《ホスト》だったりするのだろうか。それすらも、わからない。

《それなりに》

話し相手もなくて一人壁の花……なのはバレバレだろうが。

《初めて？》

口の端でクスリと笑われて。

《そうなんだ。まるっきりの新参者。友人にチケットを渡されて楽しんで来いって言われたんだけど、実は、このイベントがどういうものなのかも知らなくて》
加々美はあっさりと白旗を掲げる。ここで見栄を張ってもしょうがない。
《あらあら。それじゃあ、本当にサプライズだったのね》
唇《ローズピンク》の笑みは更に深くなる。
《君は、ここの常連？》
《最近はそうでもないけど》
だったら、それとなく件のピアニストのリサーチも可能だろうか。
ふと、それを思ったとき。
《サラッ！》
誰かが声高に呼ばわった。
おもむろに彼女が振り向いたので、加々美はそれが彼女の名前だと知ったのだが。次の瞬間には、彼女はあっという間に数人の男性に囲まれてしまった。
おい。
……おい。
…………おい。
必然的に押し出されて、ひとり蚊帳《かや》の外になってしまった加々美は内心でボヤく。アクションに出ようとした矢先に、横から掻《か》っ攫《さら》われた気がした。

（タイミングが最悪……）

いきなりミッションに赤信号——とは思わなかった。

加々美が知らないだけで、彼女はそれなりに有名人だったりするのだろう。男をまとわりつかせたまま、

《じゃあ、またね》

ヒラヒラと片手を振って彼女が去ると、なんだかやたらと喉が渇いて。加々美はカウンターへと歩いていった。

（このミッションも、なかなか大変だ）

今更のように思う。

シャンパンを注文して一口飲んで唇を湿らせ、二口目で喉を潤しながら、再度フロアを見渡す。

すると。視界の端を黒服姿のウエイターが横切った。

ストレートの長髪《黒髪》を後ろでひとつに纏《まと》めた彼は、トレイ片手に人で溢れかえったフロアを器用に泳ぎ回っていた。

最初に目についたのは、人波に見え隠れする、真っ直ぐに伸びた背中としなやかな足取りだった。

（おーッ。すごくバランスのいい体型だよな）

もはや職業病かもしれないが、先ほどとは違う意味で思わず注視してしまう。

シンプルなギャルソン・スタイルだからこそ、よけいに腰高でスレンダーな体型が強調されて

いる。細身だからといって、まったく貧弱なイメージはない。それなりに肩幅があって、手も足も長くて腰が細い。キュッと引き締まった臀部《でんぶ》の形のよさが丸わかりであった。

(なんか、いいなぁ)

後ろ姿だけなのに目が離せない。

きっちり腰が決まっているから、身体の芯がブレない。ウオーキングの基本である。

(もしかして、モデル経験者か?)

それならば、あの体型も頷《うなず》ける。

器用に人《障害物》を避けて歩くしなやかな足取りは、いささかの乱れもない。

他にもウエイターはいるのに、気が付けば視線で彼ばかりを追っていた。彼を凝視することに夢中で、本来の目的などすっかり忘れてしまっていた。

——と。

いきなり。彼が足を止めて振り向いた。

——瞬間。

(……ッ!)

加々美は思わず息を呑んだ。

不躾《ぶしつけ》にジロジロ見ていたのがバレたバツの悪さに——ではなく。その美貌に。黒縁のスクエア眼鏡という不粋なアクセント付きであっても、その美貌は少しも損なわれてはいない。むしろ、逆に、スッキリとした顎《あご》の線が際立ってさえいる。

職業柄、美形には見慣れているはずの加々美だが、それでも、一瞬……絶句した。硬質な美貌に身も心も鷲掴《わしづか》みにされたような気がして。その衝撃に、

（……ウソだろ。マジかよ。ありえねー……）

ある意味、呆然《ぼうぜん》と。わけのわからない一人ツッコミを入れる加々美であった。

しかも。双眸を見開いたまま阿呆面《アホづら》を曝《さら》しているのは、どうやら自分だけで、周囲の者たちはごく自然に振る舞っている。それがよけいに『バロン』における新参者という立場を実感させられたのだった。

時間的にすれば、わずか十数秒のことだったかもしれない。

彼は不躾な加々美の視線を咎《とが》めることもなく、スッと視線を逸《そ》らすと何事もなかったかのように自分の仕事に戻った。

――だが。加々美の鼓動は収まらなかった。

（う…わ。心臓バクバクだって……）

こんな醜態は初めての経験だった。

そのとき。

雅紀は。

なんだか執拗《しつよう》にまとわりつく視線を感じて、振り向いた。

――とたん。

カウンターにいる男とバッチリ視線がかち合って、わずかに眉をひそめた。

(……誰?)

初めて見る顔だった。記憶力はいいほうなので、常連かそうでないかはすぐにわかる。

(日本人?)

――たぶん。

自信を持って断言できないのは、デカくてゴツくて顔が濃い……周囲となんら遜色《そんしょく》がなかったからだ。平均的な日本人には見えない、という意味でだが。

しかも。ただの美男《イケメン》というにはやたら雰囲気がありすぎて、なんだか、かえって浮いている。

色気というよりはむしろ、艶香《いろけ》? そんな言葉が不意に頭に浮かぶ。

ところ構わずフェロモンを振りまいているのではなく、内から滲《にじ》み出る何かがひっそりと匂い立つような……とでも言えばいいのか。

今夜はクラブの十五周年アニバーサリーということで、いつにも増して人種の坩堝度が高い。

雅紀が見知らない顔でも客同士の繋《つな》がりはあるのか、皆、和気あいあいである。そんな中、誰と会話しているわけでもない彼がひどく悪目立ちだった。

普段の雅紀は、ピアノの生演奏のとき以外は裏方仕事が主でほとんど厨房の外には出ないが。

今夜はさすがに手が足りないということもあって、ウエイターに駆り出された。

日常生活において、いつもは日本人離れをした自分の容貌が周囲から浮きまくっているという自覚は大ありな雅紀だが、このクラブではかえって普通でいられる。どこの何人《なにびと》であろうが、誰もまったく気にしないからだ。

(まっ、今更だけど)

とりあえず、今は仕事に集中。それを思い、雅紀はサックリと頭を切り換えた。

数多くのモデルやタレントを抱える業界のトップ・プロダクションとしてその名前を轟《とどろ》かせている『アズラエル』は、基本、カレンダー通りの休日などないに等しい。

その総括部門筆頭マネージャーである高倉は、部下から陰でこっそりと『不眠不休のアンドロイド戦士』呼ばわりをされている。どんなに多忙であっても、くたびれたスーツ姿の高倉など誰も見たことがないからだ。

いつもビシッと背筋を伸ばし、颯爽《さっそう》とオフィス内を闊歩《かっぽ》する。それが見慣れた日常風景であった。

そんな高倉のオフィスで本革張りのソファーに長身を沈め、ドリップしたコーヒーの馨《かお》りを充分に味わって、加々美は優雅とも思える仕種で一口啜《すす》った。

「――で？　どうだった？」

興味津々《しんしん》というには実に素っ気ない口調で、高倉が言った。

「百聞は一見に如《し》かずってとこ？」

「ほぉ。件のピアニストは帝王様のお眼鏡に適ったわけだ？」

出会ったときはピアニストではなく、ギャルソンだったが。むしろ、かえってそのほうがよかったのかもしれない。バランスの取れた体型と立ち居振る舞いのしなやかさが素で確認できた。

その後。当日のメイン・イベントだったらしいミニ・コンサートで、例の『サラ』と呼ばれた彼女が素晴らしく艶《つや》のあるセクシー・ボイスで会場を魅了した。

正直、驚いた。まさか、そんなサプライズだとは思ってもみなくて。

そのバック演奏でピアノを弾いていたのがギャルソンだと知って、更に驚いた。

――いや。フロアをしなやかに泳いでいたギャルソンと視線がかち合った時点で、彼が噂の『CB』であることに気付くべきだった。

非の打ち所のない美貌、後ろでひとつに纏めた黒の長髪、スクエアな黒眼鏡。特徴的な三点セットはネット上でもさんざん語られていたのだから。

なのに。

――あのとき。

加々美の頭から、そんなことは綺麗さっぱりスッ飛んでしまっていたのだ。

醜態だ。

失態だ。

とんだ大マヌケである。

本当に、何から何までサプライズ……だった。と同時に、いろいろな意味で価値ある一夜であった。

はるばる来た甲斐があった。率直に、それを思えるほどには。

「なんか、久々に来た〜ッて感じ」

ただのジョークではなく。

ほんの一瞬、視線が絡んだだけだったが。インパクトは充分だった。

「素材としての手応えも充分だったわけか？」

「ピアノも悪くなかったが、それ以上のオーラを感じた」

言ってしまえば、それに尽きた。

彼がプロ志望なのかどうかはわからないが、少なくとも、卓越した技量で客を唸《うな》らせるタイプではないような気がした。

そそこに上手くて、会話の邪魔にならないBGM……などと言ったら甚《はなは》だしく失礼かもしれないが。そもそも本気でプロを狙っているのなら、クラブでバイトをしている暇などないだろう。かといって、弾いている自分にひたすら酔っているナルシストでもない。ただ弾き手にはそれなりの色が出るというか、音色にも個性があるものだが。何かこう……訴えかけるモノがあるのは否定できない。

それが、なんだ？

――と言われても返事に詰まるが。癖になりそう。それが一番近いかもしれない。ピアノの腕前よりも、その美貌に目を奪われる。もしかしたら『CB』本人には不本意極まりないことかもしれないが、それもまたひとつの特筆すべき個性であった。

「スカウトする価値はありそうか？」

「ある」

自信を持って即答する加々美であった。

「じゃあ、他所《よそ》に出し抜かれる前に頼むぞ？」

「任せろ」

本来、そういうことは加々美の仕事ではないのだが。気負うことなく、ふたつ返事でコーヒーを飲み干した。

――しかし。

加々美の意気込みとは裏腹に、『CB』との交渉は難航を極めた。

いや……。交渉以前の問題が山積みだった。

なにしろ、本名にしろ年齢にしろ住んでいる場所にしろ、ニックネーム以外はすべて不詳な彼とコンタクトを取るには『バロン』に直接出向くしかなく。ものすごい倍率を勝ち抜いて通い詰めても、彼がいつもピアノ演奏をやっているわけではない。

そうなんだ？

――そうなのか。

やはり、来てみないとわからないことは山ほどあるということだ。

何日、何曜日、何時から――というスケジュールが決まっているわけでもない。だからこそ、彼の生演奏がある夜はラッキーなのだと。

彼のニックネームである『CB』が『クール・ビューティー』から来ているのだとか。そういうことも『バロン』に通い詰めて初めて常連たちから得られた情報だった。

むろん。それは英語力のある加々美がジョークにもスラング満載の弾丸トークにも不自由しないからできたことであって、ごく普通の日本人が居酒屋感覚で腰を落ち着けていられるような雰囲気でないのは確かだった。ネット上でもさんざん言われていた『気後れする』のは、話しかけられても会話が成立しない『疎外感』以外の何ものでもないだろう。

裏を返せば。常連たちですら、彼のことは何も知らない。そういうことであった。ましてや、クラブのスタッフの口は愛想のよさとは真逆にすこぶる固い。

いっこうに進展しない状況に、オーナーにアポを取って身分を明かし、その上で『CB』本人との面談を依頼してもすげなく断られた。

「そこを、なんとかお願いします」

粘って食い下がっても。

「彼にその気はまったくないそうです」

けんもほろろの門前払いであった。

どうして、そこまでガードが堅いのか。

なんか——訳あり?

どんな——訳あり?

ミステリアスのプロフィールは妄想を掻き立てる、エッセンス。『バロン』の関連サイトでも、臆測と邪推と妄想は日々留まるところを知らない。

そんな、ある日。

せっかくY市まで来たのだからたまにはオーソドックスに定番の観光地巡りでもしてみようかと思い立って、ドライブがてら車を走らせていた加々美だったが。なかなか目的地に着かない。

「もしかして、道を間違えたか?」

無難にナビを入れておけばよかったか。一瞬、それも思ったが。ちょっとした気分転換が目的で、別段、どうしても観光がしたかったわけではないし。

(まっ、いっかぁ)

とりあえず、コンビニの駐車場に車を止めて缶コーヒーを買って煙草《たばこ》を吸う。

そんな車の窓越しに、制服姿の男子たちがゾロゾロやってきた。

どうやら、この先に高校があるらしい。そういえば、先ほど私鉄の駅があったことを思い出す。

だが。下校時間にしては早すぎる時間帯である。

(まだ、昼前なんだけど)

要らぬお世話かもしれないが。

(男ばっかりだな)

ゾロゾロと切れ目なく続く生徒たちの中に、女子は一人もいなかった。

（男子校？）

今どき、共学ではなく単一校というのも珍しいような気がした。

昨今の少子化で、そういう単一校も時代の流れとして共学に変わりつつあるという話はよく耳にする。それでなくても、小学校や中学校では生徒数を確保できずに統廃合になっている地域もけっこうある。

——らしい。

つらつらとそんなことを考えていると、視界の中にスッと入り込んできた顔があった。

（え……？）

加々美はくわえ煙草のまま、思わず双眸を瞠《みは》った。

集団よりも頭半分抜きん出た、眉目《びもく》秀麗な——顔。

（……まさか）

ドクン——と、ひとつ大きく鼓動が跳ねた。

（あれって……まさか）

慌ててウインドーを下げ、サングラスを毟《むし》り取り、窓から身を乗り出して凝視する。

襟《えり》足できっちり切りそろえられて明るい茶髪は、軽くウエーブがかかっている。

（嘘……だろぉ）

酒の匂いと煙草の煙が立ちこめた『バロン』では、ストレートの黒髪はひとつに括《くく》られていた。

トレードマークとも言える黒眼鏡。端正すぎて硬質な美貌はむしろ作り物めいていた。

年齢不詳の、冴《さ》え冴《ざ》えとした白皙《はくせき》の——美貌。

一度目にしたら絶対に見間違うはずがないほどに、それは際立っていた。

——だが。絶対的な違いが、ひとつだけあった。

笑顔である。

太陽が輝く青空の下で級友たちとふざけながら、ときおり笑い声を上げて楽しげに歩いている様に、加々美は半ば呆然と絶句した。

(——マジかよ?)

今、このとき、自分の目でしっかり見ているのに、視界の中の光景が信じがたい。

まるで……白昼夢?

『バロン』のクール・ビューティーと、制服姿の高校生。どうやっても埋まらないギャップに、

「これって……詐欺《さぎ》だろ」

加々美は備え付けの灰皿で煙草を揉《も》み消すと、どっぷり深々とため息をついた。


その日。

瀧芙《そうぶ》高校では、二学期の中間テストの最終日だった。

そんな日でもなければ、午後前に級友たちと連れ立って下校など、まずあり得ない。日常の放課後は皆、ハードな部活に決まっているからだ。

結果はどうであれ、とにもかくにも、やるべきことをやり終えた解放感で自然と顔は綻び、声も弾んだ。

そのとき。

「なぁ、篠宮《しのみや》。おまえら剣道部、文化祭の演目《出し物》は何？」

不意に、桐原が言った。

瀧芙高校の文化祭では、例年、クラスごとの出し物とは別口で各部には問答無用の抽選会で屋台系《食い物担当》か舞台系《出し物担当》かのどちらかが割り当てられる。

雅紀が所属する剣道部で言えば、一昨年は舞台で、去年は屋台《かき氷》、そして今年は舞台だった。

剣道部に限らず、各部では、屋台系は『天国』、舞台系は『地獄』などと言われている。食い物は臨時の現金収入になるが、舞台になると演目から考えなければならないし、そのための練習時間にも縛られる。だから、だ。

かといって、あからさまに手抜きなどできない。それなりに部の面子《メンツ》がかかっているからだ。

生徒会執行部による抽選会の結果がボードに張り出されると、そこら中で両極端のため息と歓声が上がるのも、もはや年中行事の一コマであった。

「んー……二年は剣舞をやりたがってるんだけど」

剣道部だから剣舞——というわけではないが。

「もしかして、白虎隊《びゃっこたい》？」

桐原がすんなりとそれを口に出せるくらいには、ある意味、剣道部の代名詞になってしまった。

「そう。俺らが一年だったとき、三年の曽田《そだ》先輩たちがやったの、あいつら見に来てたらしくて」

——お願いしますッ。

——ぜひ、やりたいです。

——感激しました。

後輩たちの鼻息は荒い。それもこれも、表舞台の華やかさについ目が眩《くら》んで舞台裏の半端ない苦労を知らないからだ。——と、雅紀は思う。

「あれ、メチャクチャ格好良かったよな？」

「おぅ。副将の三浦《みうら》さんの詩吟《しぎん》もスゴかった。いまだに語りぐさだし」

……そうなのだ。

終わったあとに、思わずガッツポーズが出てしまったくらいだ。

——反面。

「俺たち一年、マジで喉が潰《つぶ》れるかと思った」

それもまた、嘘偽りのない本音である。

詩吟というのが、あんなにハードだとは思わなかった。

「三浦先輩、超スパルタだったんだって？」

「ほとんど鬼だった」

「……ははは」

笑い事ではない。

――やるからにはベストを目指すぞッ。

先輩の意気込みはイコール厳命である。

運動部にとっての文化祭とは、ある意味お気楽ムード色の強いレクレーションだと思っていたが。一年部員にとっては、それもまたひとつの試練であった。

「けど。その分、反響はものすごかったじゃん」

それは――否定しない。

努力は確かに報われた。達成感も凄かった。割れんばかりの拍手の嵐――スタンディング・オベーションだった。

その分、逆に次の年のプレッシャーは半端ではなく。抽選会で屋台系になったときの先輩たちは。

――よっしゃッ。

――やったぜッ。

――もらったッ。

心底ホッとした顔つきだった。

「最優秀賞だったもんな」

「その金一封で、打ち上げは焼き肉パーティー」

「すげぇー」

普段はもの凄く厳しい上下関係の掟《おきて》があるが、その日は無礼講だった。『お疲れさまっしたぁッ』の大合唱を合図に、皆、大盛り上がりだった。

食う。飲む。ひたすら全力で、食う、食う、食う。九十分の食べ放題だから、まったく遠慮もない食いっぷりであった。

もしも、そこが剣道部ＯＢのやっている店ではなかったら、二度と来るなと言われたかもしれない。

「もしかして、今年も狙ってるとか？」

狙ってない。ない。そんなもの、狙って取れるものでもないし。

「篠宮の白虎隊かぁ……。ファンが泣いて喜びそうだよな」

「だよな。みんなデジカメ持参で最前列の場所取り合戦になりそう」

男子校で、それは……嬉しくない。本音で思う雅紀であった。

「まだ、やるって決まってないから」

「えー、なんで？　おれ、チョー見たい」

「俺も」

「賛成」

「同感」

その場のノリというにはけっこう真剣に皆が口を揃《そろ》えるのを横目に、雅紀はどんよりとため息をこぼす。

「曽田先輩たちの白虎隊は超えられない壁っつーか、同じことをやってもなぁ……ていうのが俺たち三年の本音？　当日は絶対に先輩たちも来るだろうし」

先輩たちの目の前で、猿真似は見苦しいだけだろう。

雅紀はとっくに『長』の肩書きからは外れてしまっているので、まだマシだが。どっちにしろ、プレッシャーという縛りからは逃れられない三年生部員であった。

「九鬼《くき》、空手部はどうなんだ？」

自分のところばかりあれこれ言われるのもなんだったので、同じ舞台系担当に振る。

「まだ、決めてない」

即答である。

「だったら、みんなでミニスカートはいて空手ダンスでもやれば？」

無責任に海棠《かいどう》が口走った。とたん。

「ゲッ」

「うぇぇ〜〜ッ」

「見たくねー」

「ビジュアル的に無理」

容赦ない声が上がった。

「海棠ぉ。おまえ、マジで締めるぞ」

「ジョーク、ジョーク。ただの冗談だって」

ヘラヘラと笑う海棠の柔道部は桐原の合気道部と同じ屋台系である。雅紀たち舞台組に比べると、文化祭に対する温度差は大きかった。

そんなこんなで、最寄りの駅前までやって来たとき。

「ちょっと、君ッ」

ロータリー方向から男の声がした。

だが、雅紀たちは気にも留めなかった。自分の名前をはっきりと呼ばれたのであれば、別だが。

それでも、メゲずに。

「えーと、そこの茶髪の君ッ！」

男は呼ばわる。よく通るテノールだった。ほぼ駅前が瀧芙高校の生徒で埋め尽くされた騒々しさであっても、その声ははっきりと聞き取れた。

けれども。雅紀たちは視線もやらない。足も止めない。そのまま改札口までやってくると、いきなり。

『すみません』『ちょっと失礼』を連発して、人波に逆らうように男が横から身体をねじ込んできた。

——誰だよ。

——なんだよ。

——割り込むんじゃねーよ。

あからさまに非難めいたざわつきをサックリ無視して、

「ちょっと、君ッ」

男が雅紀の腕を摑んだ。

——瞬間。ざわめきが嘘のように退いた。

そんなことは、まるで眼中にもないのか。嫌味なくらいにサングラスが似合う長身の男は、わずかに息を弾ませて言った。

「いきなりで悪いんだけど。ちょっと、いいかな？」

何が？

——とも、問わず。雅紀は眉をひそめて男を凝視した。

それから、十分後。

雅紀は不本意の極みながらも、男とファミリーレストランにいた。

「ちょうどランチタイムだし。メシでも食いながら、ゆっくり話がしたいんだけど。どうかな？」

男が、そう言ったからだ。

有り体に言えば。こういうシチュエーション——見知らぬ男からいきなり声をかけられて呼び止められるのは小学生時代からよくあった。

モデルの勧誘とか、むしろ、そういう類のスカウトには食傷ぎみと言っても過言ではない。それほど、雅紀の日本人離れした容姿は際立っていたからだ。

もちろん、すべてその場で断った。あるいは、無視。強引に押しつけられた名刺は即ゴミ箱へ直行。その繰り返しであった。

普段の雅紀ならば、そうする。

しかし。サックリ無視しようにも無視できない事情が、雅紀にはあった。

なぜなら。

「なんでも、好きな物を食って」

にこやかに笑顔を振りまく目の前の男と、少なからず面識があったからだ。夜のアルバイト先である『バロン』で。

直接話をしたことは一度もないが、男は、けっこうな頻度《ひんど》で『バロン』に通ってきていた。常連たちともごく普通にしゃべっていたから、英語に堪能であることもわかった。

酒が目当てでないのは一目瞭然《りょうぜん》だった。なにしろ、目を合わせなくてもピアノの生演奏中ずっと男からの強い視線を感じた。

雅紀が自意識過剰なのではない。男の視線が露骨だったのだ。粘りつくような厭《いや》らしさではないが、何かの目的意識のある強い眼差しだった。

だから。雅紀は、絶対に目を合わせなかった。なぜだかわからないが、あの視線に捕まってしまったら『ヤバイ』ような気がしたからだ。

なのに、捕まってしまった。それも『バロン』でピアノを弾いている仮初《かりそ》めではなく、生身の高校生である素顔をさらけ出しているときに。

一瞬、バックレてしまおうか。それを思わないでもなかったが、なぜだか、それもできなかった。いや、無駄なような気がした。

それは、ボックス席に座るなり、

「初めまして……とか言うのも今更だけど」

男が切り出した前置きがすべてを物語っていた。

「俺は、加々美蓮司と言います」

カードケースから名刺を一枚抜いて、指でテーブル上を滑らせるようにして雅紀に差し出した。
■モデル・エージェンシー『アズラエル』所属。加々美蓮司■
グラデーション・ブルーの洒落《しゃれ》た名刺には、そう書かれてあった。そのほかには事務所の電話番号しかない。しごくシンプルな名刺であった。

かつて雅紀が強引に押しつけられた名刺には、もっとゴチャゴチャといっぱい肩書きが書かれてあるのが普通だった。
○○室長とか、△△マネージメント・リーダーとか。これでもか……というほど肩書きで自分を飾り立てていた。
けれども。差し出された名刺にはなんのデコレーションもなかった。

（かがみ……れんじ？）

雅紀には、まったく聞き覚えのない名前だが。妙に納得してしまった。なんだか初めて目が合ったときに感じた違和感というか、身体から滲み出る艶気の正体を。

(モデルだったんだ?)

駅前で肩を摑まれたとき、一瞬、ざわめきが静まり返ったあとに。

——なぁ、おい。あれって……。

——もしかして、モデルの……。

——えー、ウソ。

——マジ、本物?

——なんで、こんなとこにいンの?

ヒソヒソと囁《ささや》く声がした。

(それなりに有名人?)

雅紀的に、まったく興味も関心もなかったが。

むしろ、加々美の正体がわかって腹はきっぱりと据《す》わった。

「……で、君は?」

「瀧芙高校三年二組七番、篠宮雅紀です」

加々美の目をしっかり見据えて、きっちり名乗ると。

「そっか、現役バリバリの高校生だったんだ? それじゃあ、店のガードがガチガチに堅いのも当たり前かぁ」

妙にしみじみと言った。

「いろいろ事情があって、オーナーのご厚意でバイトをさせていただいています」

バレてしまったのならしょうがないが、そこだけはしっかりと強調しておく。

「……だろうね。学校側には？」

「特別に配慮してもらってます」

「……なるほど」

そう口にしただけで、加々美はあえて雅紀の事情には突っ込んでこなかった。

とりあえず、ホッとした。たとえ興味本位に聞かれても、答えるつもりは毛頭なかったが。

「加々美さんは、どうしてここに？」

なぜ。

どうして。

――バレてしまったのか。

それだけが、どうしても気になった。もしかして興信所とかに依頼して……という思いが一瞬頭を過《よ》ぎった。

――が。

「まったくの偶然」

加々美はあっさり言い放った。

「…って、いうか。俺にとってはもの凄い確率の大ラッキー？　せっかくこっちに来たんだから、たまには『バロン』以外も観光してみようかと思ってドライブしてたら、下校中の君を見つけた」

（……ウソ）

思わず、目を瞠る。

（……まさか？）

その言葉を呑み。

（……ホントかよ？）

マジマジと加々美を凝視する。

「よくわかりましたね。ぜんぜん違うのに」

絶対に見破れないと高をくくっていたわけではない。だが、『バロン』でのあれが自分だとわかる者はいないのでは？　……くらいには思っていた。

どこから見ていたのか、知らないが。もしも、これが事実ならば。

（視力、よすぎだろ）

それを思わずにはいられない。

桐原だって。変装後の雅紀をしげしげと見やって。

――スゲーな、篠宮。まるっきり別人だって。

本気で舌を巻いていたくらいだ。

まるで――別人。髪の色と長さを変えて伊達《だて》メガネをかけるだけで、けっこう化けられるものだと知った。

なのに。

本当に。

（こんな冗談としか思えないような偶然って、ホントにあるのかよ？）

本気で思う。加々美は大ラッキーだと言うが、雅紀にとってはもの凄い確率のアン・ラッキーだとしか思えなかった。

「だから。たぶん、運命じゃないかな」

運命――。

加々美の口からこぼれ落ちた言葉には何の含みもなかったが、今の雅紀にとって、それは条件反射に近い忌避感がこびりついていた。

「……それで？」

加々美は、いったい、何をどうしたいのだろうか。

「雅紀君。君、本気でモデルをやってみる気ない？」

ある意味、予想通りの問いかけに。

「ありません」

ピシャリと即答する。その手のスカウトには、はっきり言ってうんざりだった。

『バロン』のオーナーから最初にそういうスカウト話が来ていると聞かされたとき、自分としてはまったくその気はないので、その手の話はすべて断ってくれるように頼んでおいた。実際に、加々美が何番目のスカウトなのかも知らない。知りたいとも、思わない。

「うん。『バロン』のオーナーにも、ハッキリそう言われたんだけど。君、もの凄く才能があると思うんだ」

「こんな顔だから？」

半ば自嘲《じちょう》まじりにそれが口を突いて出るのは、真の意味で、容貌のことで得をしたことがないからだ。

たいがいの人間は、まず雅紀の外面しか見ない。それが初対面の人間であれば、なおさらだ。

『可愛い』

『綺麗』

『美しい』

どんな美辞麗句も鬱陶《うっとう》しいだけで、いいかげんうんざりだった。

どうせ、加々美も同じだろう。そう思った。

「そりゃ、君の容姿は絶品だけど。でも、俺が初めに惚《ほ》れたのは君の後ろ姿だから」

「――は？」

「ギャルソンの恰好《かっこう》でフロアを颯爽《さっそう》と歩いてる君の背中のラインに見惚《みと》れちゃってね。腰がバッチリ決まってるから芯がブレない。もの凄く綺麗な歩き方をする子だなぁ……と思って、目が離せなくなった。こういうスカウト話って耳タコかもしれないけど、君、絶対にモデルに向いてると思う」

顔ではなく背中に、それも歩き方に惚れたのだと。ウケを狙ったジョークではなく本音で熱く語る加々美に、雅紀は内心でプッと噴いた。

(この人……見かけのわりにけっこうズレてんじゃないか?)

普通、言わないだろ。スカウトするのに、後ろ姿が綺麗——なんて。

(それって、変だろ?)

褒《ほ》めるなら、まずは顔で。それから、スタイル。それがスカウトの鉄則ではないのか?

(おかしいだろ?)

後ろ姿なんて、そんなもの褒められたって普通は嬉しくもなんともない。——はずだ。

それどころか。聞きようによっては、かえってバカにされたと感じる者もいるのではないか?

逆効果もいいところではないだろうか。

しかし。

腰がきっちり決まっていて芯がブレない背中の美しさ。そう言われて、雅紀はなんだか嬉しくなってしまった。

剣道の基本は足腰と背筋力。

加々美は、もちろん、雅紀が剣道をやっていることなど知らないだろうが。だからこその賛辞は、無条件で嬉しかった。その言葉で、加々美への警戒心がほんの少しだけ緩くなってしまうほどに。

§§§

（ホント、あれでなし崩しにズルズルと…って感じ？）

当時のことを思い出して、雅紀の口元はごく自然に綻んだ。

（モデルなんて、まったくぜんぜんやる気なかったのに）

本音で、そう思っていた。

なのに。気が付けば、すっかり加々美のペースに乗せられてしまっていた。

大人の事情とやらに振り回されて。未成年という枠に縛られて。世間というものがすっかり信用できなくなっていた雅紀に、この人の話をもっと聞いてみたいという気にさせられた。日を置かず、名刺に書き足された携帯電話番号にかけてみたくなるくらいには。

「……何？」

いきなり詰問口調で言われて、ハッと我に返る。

「え……？」

つい、戸惑う。

「今、思い出し笑いしてただろ」

その張本人を目の前にしているのだと思うと、なんだか妙に背中がウズウズした。

「や……今思えば、ファミレスで俺をくどく加々美さんってけっこう大胆だったなぁ……とか思って」

加々美はフンと鼻を鳴らした。

「そりゃあ、必死だったからに決まってるだろ。千載一遇のチャンスを逃すわけにはいかないからな」

「俺たち、完璧に浮いてましたよ」

なにせ、昼食時のファミレスである。

雅紀は瀧芙高校の制服だったし、どこから見ても只者じゃないオーラがダダ漏れな加々美とのツーショットは、間違いなく周囲から浮きまくっていた。雅紀に、その自覚があるくらいには。

「それは……おまえの親衛隊が俺たちのテーブルを取り巻いて周囲を威嚇《いかく》しまくっていたからだろうが」

「やだな、加々美さん。それって、被害妄想ですって」

雅紀は一笑に付す。あのとき、桐原たちもファミレスにいたのは事実だが。

だいたい、雅紀にとっては大切な友人たちを『親衛隊』呼ばわりする発想自体、どうかと思う。

しかも、威嚇……なんて。あり得ない。

しかし。

「いいや。絶対にそうだって」

それだけは、確信を持って言える加々美であった。

「駅前でおまえの肩を摑んだときだって、みんな、すごい目で睨《にら》んでたし」

間違いなく。

加々美にしてみれば、チャンスを逃したくない一心だったのだが。あの過剰とも言える反応には、正直驚いた。

いきなり突然、高校生の列に割り込んでしまったのだから、多少は不審者扱いされてもしかたないのかもしれないが。雅紀と談笑していたえらく体格のよすぎる集団の反応は、周囲のそれとは明らかに温度差がありすぎた。

「……そうでしたか？」

わずかに小首を傾《かし》げる雅紀に。

「そうだよ」

加々美は断言する。

あのとき、一番警戒心のこもった強い目で加々美を凝視していたのは、もちろん当の雅紀であったが。それでも。

——誰だよ、こいつ。

——なんだよ、こいつ。

——篠宮に、なんの用？

彼らの顔つきは充分すぎるほどに露骨だった。

警戒心レベル、ＭＡＸ？

逆に。加々美こそ、彼らに問いかけたいくらいだった。

――君たちのそのあからさまな目つきは、何？

その上、誘ってもいないのに六人ともゾロゾロとファミレスまでついてきた。

加々美は、自分が多少なりとも有名人……であることを自覚していた。サングラスをかけていても、バレるときにはバレるものだし。だが、きっぱりと素顔を曝して『加々美蓮司』を名乗っても、彼らの反応はまるで変わらなかった。

ちょっとだけ、マジでヘコんだ。

しかも。なんでも好きな物を注文してくれていいから――と、雅紀に勧めたら。雅紀が何も言わないのに、

――ゴチになりますッ。

などと、ほざいた。一斉に声を揃えてだ。

――それって、いかがなものか？

まぁ、高校生相手に大人げない態度を取るのもどうかと思って太っ腹に徹したが。あとで、請求書を見て愕然《がくぜん》とした。ここが正念場だと思って加々美が雅紀と真剣勝負をしている間に、本当に好きな物を好きなだけ食ってくれたのだと知って。加々美はブレンド・コーヒーをお代わりしただけだったのに、万札が数枚飛んでしまった。

――もしかして、俺に対する嫌がらせなのでは？

本音で思った。

その理由も、今ならわかる。当時の雅紀の家庭事情が事情だったから、突然現れてスカウト話

をする加々美は相当に警戒されていたのだろうと。

高校生を胡散《うさん》臭い道に引き摺《ず》り込もうとする悪い大人？　メンズモデル界の帝王も、形無しである。

「ぶっちゃけ、おまえとは真逆の美少年に手首を摑まれて『この手、邪魔』とか言われたときは、ちょっと、本気でビビッた」

雅紀は、プッと噴いた。

「ホント、ラッキーでしたよね。問答無用で投げ飛ばされなくて」

「……は？」

「あいつ、合気道の達人ですから」

「……え？」

「見かけとは真逆でスゲー血の気が多くて、そこらへんのヤンキーなんか、関わり合いになりたくなくて目も合わせないっていうか。あの頃は『瀧芙の夜叉姫《やしゃひめ》』とか呼ばれてました」

「――マジで？」

「はい。一年のときから負け知らずのタイトル・ホルダーだったし。大学に行ってからは更に磨きがかかって、今は本業の傍《かたわ》ら実家で道場の師範をやってます」

そう言えば。

あのとき。

加々美の手を摑んだ少年を、周りの連中が条件反射のごとく羽交い締めにして。

——待て、桐原。

——よせ。

——ヤメロ。

寄ってたかって加々美から引き剝《は》がしたような……。あれって、もしかして。

「俺……けっこうヤバかったとか？」

「加々美さんがっていうより、秋の国体予選も近かったから、さすがに桐原を暴走させたらマズイだろうって、みんな思ってたみたいです」

暴走……。

サラリと凄いことを言われたような気がして。

「……ハハハハ」

加々美は今更のように乾いた笑いを漏らした。

「そういや、瀧芙高校ってインターハイ常連の武道校だっけ？」

雅紀も高校剣道のチャンピオンだったことを、加々美は思い出す。

加々美の頭には『美貌のピアニスト』というイメージしかなかったので、それを知ったときには、

（おまえって、どんだけ意外性の男なんだよ？）

まさに、あんぐり……だった。

日本人離れしたあの容姿で、剣道。

――ありえねー。

それを思う前に、すごい悪目立ちだったに違いないことを確信した。

その反面。雅紀の背筋のラインに一目惚れした理由が、ようやく納得できた。

揺らがない。

ブレない。

きっちり芯が通った――美しさ。

剣道で培《修練》われたものにはそれに見合う対価がある。つまりは、そういうことである。自分の審美眼が間違っていなかったことを思うと、思わずニンマリと口元が綻びた加々美であった。

「今でも、伝統校ですよ。卒業生には各競技大会の高校生チャンピオンなんて、ザラにいますから。俺の同期生だった連中は今でもバリバリにやってます」

なんの誇張でもない。合気道の桐原、空手の九鬼、柔道の海棠など、雅紀と同年代には特に才能ある者たちが固まっていたように思う。それぞれの各方面での相変わらずの活躍ぶりを見聞きするたびに、本音で嬉しくなってしまう雅紀だった。

「彼らとは、相変わらず付き合いがあるのか？」

「はい。年に一度は同期会がありますし。時間があれば、地元メンツとはけっこう飲みにも行きます」

基本、その手の誘いを雅紀は断らない。なんといっても、雅紀の苦しかった時期を全力でカバーして支えてくれたかけがえのない仲間なので。ただ、今はゆっくり親交を深める時間が足りないという現状だが。

「人生の財産ってやつ？」

加々美の口調には冷やかしも茶化しもない。

「……ですね。あいつらには、本音で感謝してますから。もちろん、加々美さんが言うところの運命の出会いにもですけど」

さりげなく強調しておく。

すると、加々美は。

「まっ、結局、所属事務所の権利は『オフィス原嶋《はらしま》』に譲っちまったけど、おまえをこの業界にスカウトできたのは俺の功績ってことだよな？」

ニヤリと笑った。誰にも真似のできない艶っぽさで。

「はい。それはもう、すっごく感謝してます」

ノリのいい口調は軽いが、言葉に込められたものにはズッシリとした重みがあった。

人生には必ず転機がある。

それは一瞬のヒラメキであったり、何かの啓示であったり、人との出会いであったり、あるいは——大切な人との別離であったりする。

そして。そこには、なにがしかの選択がある。

その結果がいいほうに転ぶのか、悪いほうに傾くのか。それは、誰にもわからない。

あのとき。加々美との出会いがなければ、今の雅紀はない。

ただ感謝するだけでは足りない。心の底から、そう思う。

加々美という明確な指針があったからこそ、紆余《うよ》曲折はあっても雅紀はしっかりと前を見据えていられた。失った物は多々あったが、本当に大切な者を喪わずに済んだ。尚人という確かな存在を得られた。

だから、雅紀はもう迷わない。

迎合も、烏合《うごう》もしない。

たとえ、自分の目指す道が世間の常識にそぐわないことであっても、きっちりと目を逸らさずに前へと進むだけだと思った。

# Niju-Rasen Gaiden

## Nesshisen

# 視姦

深夜。

仕事を終えていつも定宿にしているホテルに戻ってきた雅紀《まさき》は、上着をベッドに放り投げ、ソファーにどっかりもたれて束の間——目を閉じた。

(はぁぁ……。疲れた)

今日も、朝から夜までハードな一日だった。

ステージモデルは身体が資本である。体調管理は欠かせない。特に、冠スポンサー付きの大きなファッション・イベントともなると、秒読み態勢に入れば毎日が戦争である。

最終の衣装合わせ。

念入りなリハーサル。

当日は完璧《かんぺき》にできて当然であり、些細《ささい》なミスも許されない。息も抜けない。プレッシャーまじりの緊張感で、皆、次第に殺気立ってくる。

(今……何時だ?)

重い瞼《まぶた》をこじ開けて、腕時計を見る。時間は午後十一時四十八分。

(この時間だったら、まだナオは起きてるな)

雅紀はショルダーバッグの中から携帯電話を取り出した。

尚人《なおと》が寝るのは、たいがい午前零時を過ぎた頃だ。

毎日の夕食が終わり、その後片付けをやってから風呂に入り、それから寝るまでが勉強タイムである。きっちり規則正しい生活習慣である。

ただダラダラとやっても意味がないというより単純に日常生活での勉強時間は限られているからで、その集中力は凄《すご》い。

雅紀も部活をやっているときには、練習中、気が付けばアッというまに時間が過ぎていた……ということはあったが。さすがに、それが毎日規則正しく発動されるほどの持続力はなかった。

だから、尚人のそれは一種の才能ではないかと思う。

県下随一の超進学校と言われる翔南《しょうなん》高校では、学力向上のための努力は欠かせない。慣れてしまえばどうということはないと、尚人は言うが。現実に、毎年の自主退学者が各学年で十人くらいは出る——らしい。そのほとんどが授業についていけなくなって、体調を壊すのだとか。

なにしろ朝の課外授業は必須で、一日七時間授業態勢である。ハードである。よほどの覚悟とそれに見合う体力がなければ、すぐに落ちこぼれてしまうだろう。——と、部外者である雅紀は思うのだが。

市外から通学している者はその分だけ早起きをしなければならない。尚人の場合は午前五時起きである。しかも、朝食の支度をして弁当を作り、それから自転車で約五十分かかる。生半可な覚悟では、できない。

それでも、電車やバス通学のように朝のラッシュに揉《も》まれて体力を消耗するよりはマシらしい。実際のところは定期代もバカにならないから、あえて自転車通学を選んだだけ……なのを、雅紀は知っている。

翔南高校に合格するのは大変だが、入学してからがもっと大変。それは、実体験してみて初めてわかる現実である。

理想と現実のギャップ？

せっかく厳しい受験戦争を勝ち抜いて入学できたのに、下手に躓《つまず》いて脱落するなんて考えられない？

いや……本人だけではなく、それは受験を乗り切るために何かとサポートに徹してきた親にとっても、あり得ない現実に違いない。

しかし。毎年のように自主退学者が出るということは、それも紛れもないリアルな現実の一端であった。

クラスから落ちこぼれる恐怖？

輝かしい未来へと敷かれたレールから脱落してしまう、悪夢？

ダメだと思うと、それだけでもう頭の中まで真っ暗になってしまうのか。

尚人と同じ暴行事件の被害者であった一年生の野上《のがみ》も、そうだった。帰宅途中に襲われた精神的ショックで不登校になってしまったのを尚人の励ましで立ち直ったのはいいが、結局、まったく授業についていけなかった。

当然である。一ヶ月近くも引きこもり状態だったのだから。

その点。二年生の尚人には、一年間のアドバンテージがあった。過去一年、翔南高校の半端でない学校生活を経験していたからこそ尚人は松葉杖をついてでも登校した。むろん、理由はそれだけではなかっただろうが。

一年生と二年生の経験値の差がモロに出た。

だが。それが、巡り巡って尚人のクラスメートである桜坂《おうさか》を刺すという暴挙を犯した言い訳にはならない。不登校になったのも授業についていけなくなったのも、すべては自己責任だからだ。雅紀に言わせれば、野上は純然たる人の好意を食い潰《つぶ》すことしか頭にないただの甘ったれである。結局、桜坂側とは示談という決着がついたそうだが、尚人のためにも野上とはきっぱり縁が切れてホッとした。

言葉を返せば。俗に『勝ち組の証《あかし》』と言われる翔南高校の制服には、それだけの重圧があるのかもしれない。だから、つい無理をして身体を壊してしまうのだろう。

それでいくと本当に尚人は芯《しん》が強い。本音でそれを思うのは、同じ境遇でありながら、雅紀も裕太《ゆうた》も沙也加《さやか》も三者三様に拗《ねじ》くれてしまったからだ。

何が。

どこが。

どう——違うのか。

雅紀にもわからない。自分がそうなった理由なら、腐るほどあるが。

家庭事情が最悪な上に、雅紀に強姦《ごうかん》されてその後も肉体関係を強要されるという凶悪さであっても、尚人はいびつに捻《ねじ》れてしまわなかった。

いったい。

なぜ。

どうやったら——自分を見失わずに済むのか。

それの秘訣を知りたいというより、今更、聞くのが怖い。

もちろん。尚人には尚人なりの葛藤《かっとう》とストレスがあり、自転車通学の男子高校生ばかりを狙《ねら》った暴行事件とも相まって、それが一種のパニック障害というトラウマを抱えたが。それでも、心は頽《くずお》れてしまわなかった。打たれ強いというより、本当に奇跡としか思えない。

本音の部分で、雅紀は棚ぼた式の奇跡などは信じていないが。尚人に関しては、別だ。素直に納得してしまえる。

携帯電話のコール音は、三回で繋《つな》がった。

『もしもし？　まーちゃん？』

耳に馴染《なじ》んだ柔らかな声。雅紀と二人きりになると、口調にもトーンにも甘みが増す。

嘘ではない。

ただの錯覚でもない。

雅紀だけが知る、事実だ。尚人は雅紀と二人のときでなければ、決して『まーちゃん』とは呼ばない。

「まだ、起きてたみたいだな」

『うん。数学のテキスト、やってた』

「そうか」

『まーちゃんは、ホテル？』

「あー。今、帰ってきたところ」

『そっか。お疲れさま』

仕事が立て込んで身体の芯までジクジクと膿《う》んだような疲れは、尚人の声《ねぎらい》を聞いた瞬間にあっさりと霧散した。本当に、現金だと思う。

家を空けて、もう五日。声は聞けても顔は見られない。そういう意味では、尚人に対する餓えまでは埋まらないが。

（あー……クソ。やりてーな）

尚人にキスをして、欲望のままに思うさま貪《むさぼ》り尽くしたい。ツクリと疼《うず》く欲求を、下唇を噛《か》むことで殺す。

「そっちは、変わりないか？」

それも、いつもの確認事項。

兄バカだと言われようが過保護だと笑われようが、一日の終わりにそれをしないと雅紀が眠れない。

ある日突然、携帯電話が鳴って。顔面蒼白《そうはく》になって、慌てて病院に駆けつける。手足が冷たく痺《しび》れて、目の前が真っ暗になる。そんなことは、もう二度と真っ平御免だったからだ。

『うん。大丈夫。…っていうか、西中《にしちゅう》の麻木《あさぎ》先生からいつもの電話《定期便》があっただけ』

雅紀の口からひっそりと、返事代わりのため息が漏《も》れた。

西中――とは。学区内の平野《ひらの》西中学校のことである。今現在、裕太が不登校を続けている中学には雅紀たちも通っていた。

兄妹弟《きょうだい》が四人もいると、学年差はあっても『篠宮兄妹弟《しのみや》』で通る。特に雅紀は存在自体が特別《有名人》であったので、小学校時代から下は必ず顔と名前を覚えられた。あの篠宮雅紀の妹弟かと。

沙也加はそれが誇らしく、尚人はちょっとだけくすぐったげに、裕太に至ってはいささかうんざり……だった。

なぜなら、下に行けば行くほど兄姉の評価が上書きされるからだ。そして、否応なく比較され続ける。

今は『篠宮』と言えば、別の意味でスキャンダラスに名前を売っているが。西中の教師の間では、いまだに篠宮兄妹弟の伝説のあれこれが受け継がれているのであった。

不登校であっても、一応、裕太の学籍はある。

三年三組五番。それが裕太の席次である。

クラスには一度も顔を出さなくても、学力テストを受けたことがなくても、年ごとに進級はする。有り体《ありてい》に言えば、進級する基準は満たしていなくても名前と学籍だけが一人歩きをする。なにしろ、停学も留年もないのだから。それが、義務教育の限界《グレーゾーン》というやつなのかもしれない。

「麻木先生も、相変わらず律儀だなぁ」

それしか、言えない。

一年のときから、進級しても裕太の担任はずっと麻木だった。

そのことに意味があるのか。ないのか。雅紀にはわからない。その理由を聞いたこともなければ、特に知りたいとも思わなかっただけで。

それでも、この三年間、一ヶ月に一度は様子伺いの電話が鳴る。

最初の頃は、不登校の引きこもりである裕太を慮《おもんぱか》ってかクラス通信持参で麻木が直接篠宮家に来ていたが、次第に尻《しり》つぼみになり、結局、家庭訪問は途絶えた。かえって、雅紀はホッとしたくらいだ。

自分たちですら裕太を持て余しているのに、来るだけ時間の無駄――だと思っていたからだ。子どもの世界は狭い。ある意味しごく単純明快で、それゆえに大人の口よりはもっとずっと容赦がない。

学校に行けば陰口を叩《たた》かれる。

これ見よがしに後ろ指をさされる。

名指しで笑い物にされる。

けれど。雅紀も沙也加も尚人も、負けなかった。なのに、自分たちができることが裕太にはできない。それが、無性に腹立たしくてならなかった。

みんなから甘やかされたツケ――そうとしか思えなかった。家族の中の異分子。口には出さないだけで、皆そう思っていたはずだ。

しかし。担任としての義務まで放棄することはできないのか、月に一度の電話訪問は継続したままだった。かといって。

——どうですか。

毎度、判で押したように聞かれても。

——変わりありません。

ワンパターンと言われても、そうとしか答えようがなかった。

さすがに麻木も、裕太が学校に戻るためには家族の根気強いサポートが必要……などとは口にしなかった。当時の家庭事情を考えれば、それも当然だが。

もし、仮に、ついうっかりでもそんなことを口走ったりしたら、さすがの雅紀であってもブチギレたかもしれない。裕太のことは、家族内でのストレス要因でしかなかったからだ。

当時は、そういう電話訪問すらもが鬱陶《うっとう》しくてならなかった。同情と誹謗《ひぼう》と中傷で神経がささくれ立っていた。皆、自分自身のことで精一杯だったからだ。

だが。今なら、わかる。たとえ義務感であっても、そうやって裕太との接点を根気強く持ち続けてくれたことに感謝すべきだと。

『それで、できれば一度会って話がしたいようなことを言ってた』

雅紀はわずかに小首を傾《かし》げる。

今までは電話で済んでいたのに、また——どうして?

「そうか。——わかった。日を改めて、俺から連絡をしておく」

とりあえず、家に帰ってからのことだが。

『うん。まーちゃんが帰ってくるのって、明後日だよね？』

「そう。いいかげん外食も飽きちまったからな。予定通りサクサク終わらせて、とっとと家に帰りたいよ」

百パーセント本音である。自分では食生活が偏らないように気をつけているつもりだが、それも限度がある。時間的なことを言えば、どうしても不規則になりがちだった。

『じゃあ、明後日はまーちゃんの好きな物いっぱい作って待ってる』

それを聞いただけで明日への活力になる。まるで、お預けを食わされている犬と大差がないような気もするが。

「あー。裕太にエコヒイキって言われてもいいからな」

尚人が耳元でクスクス笑った。

『そんなこと言うと、また裕太がブスくれちゃうってば』

それでも、雅紀はいっこうに構わなかったが。

どんな名シェフの料理《フルコース》よりも、家で食べる飯が一番美味《うま》い。それは、尚人の愛情がたっぷり詰まっているからだ。

『それじゃあ、おやすみなさい』

「おやすみ」

通信をＯＦＦにして、携帯電話をベッド脇のサイドボードに置く。

できればもっと話をしていたいが、尚人は明日も学校である。

とりあえず、留守宅に異常がないことは確認できた。積もる話は家に帰ってからでいい。それを思い、雅紀はバスルームへと向かった。

土曜日。

その日は、朝から雨だった。

午後一時。

雅紀は本当に久々に母校である中学校に出向いた。裕太のことで、麻木教諭と面談をするために。

今や、全国区で雅紀の『名前』と『顔』を知らない者はない——と言っても過言ではないだろう有名人《トップモデル》になると、誰とどこにいても派手目立ちをする。それは、中学校の放課後であっても同じである。

麻木もそれを思って、本来は休校日である土曜日の午後を指定してきたのだろう。賢明な判断である。その気遣いを素直にありがたいと思えるほどには、雅紀自身も成長した。

いつもなら、生徒たちがざわついている校庭も校舎も静かだった。

どこにいても雨の音しかしない静けさというのも、それなりに風情があっていい。日頃はいつもどこかで何かしらの音に囲まれているから、たまには、こういう雨音だけの世界も悪くない。

校舎の正面口から入って、来客用のスリッパに履き替える。そのまま勝手知ったる足取りで職員室まで歩き、ドアをノックして開けた。

——と。いきなり、室内がざわついた。

（……え？）

麻木の他には誰もいないだろうと思っていた室内には、なぜか、それなりの人数がいた。今日が休校日であることが間違いであるかのように。

（なんで？）

雅紀は内心で訝《いぶか》った。

さすがに、場所が場所なので。年齢もそれなりに行っていることではあるし。『わッ♡』だの『キャッ♡』だの嬌声《きょうせい》じみた声は上がらなかったが、それでも、ミーハー根性丸出しなざわつき方であった。

そんなことはおくびにも出さず。ドア口で一礼をして。

「お邪魔します。麻木先生は……」

——いらっしゃいますか？

皆まで言わずとも、すぐに、小太りぎみな麻木は小走りにドアまでやって来た。目の前に立つ麻木は、雅紀よりも頭ひとつ分は確実に低かった。

（あー、そう。こういう顔だった）

なにせ、実際に会うのはほぼ三年ぶりである。月イチで——いや、仕事で頻繁《ひんぱん》に家を空ける雅紀は下手をすると半年に一回くらいかもしれないが、電話口でのやりとりはあっても麻木の顔はうろ覚えだった。はっきり言って、雅紀にはその程度のことだった。

「どうも、篠宮さん。わざわざお呼びだてして申し訳ありません」

年齢差で二十歳くらい年下の雅紀に対し、きっちり腰を折る麻木に。

「いえ。こちらこそ仕事でたびたび不在にして、ご迷惑をおかけしております」

礼を返す。

マスコミという天敵相手には瞬殺バリア光線を乱射しまくりな雅紀だが、その気になればいくらでも外面の好感度を上げられる。

特に今回は裕太の保護者として来校しているので、表情も口調もいつもの倍増しで和らいでいる。テレビのスクリーン越しにカリスマモデル『MASAKI』としてしか見たことのない者にとっては、目からウロコ……だったかもしれない。

「では。あの、学習室へまいりましょうか」

「はい」

麻木がそのまま後ろ手に職員室のドアを閉めた。

——とたん。

ドア越しに、抑えていた興奮が一気に弾けるようなどよめきが聞こえた。

「いや……どうも、まことにすみません」

何が『すみません』なのかは、一目瞭然《りょうぜん》である。

「今日、篠宮さんがいらっしゃることは、ごく一部の者しか知らないはずだったのですが……」

二人で廊下を歩きながら、本当に申し訳なさそうに麻木はしきりにハンカチで額の汗を拭《ぬぐ》った。

「いえ。お気遣いなく」

こういう成り行きは予想外だが、ある意味、予測の範疇《はんちゅう》とも言える。

なんといっても、雅紀はここの卒業生であると同時によくも悪くも有名人である。悪目立ちは避けられない。

かつては歩き慣れた廊下を行きながら、雅紀はふと思い出す。

（そういや、ここに来るのって、ナオの三者面談以来か？）

ただ立っているだけで汗が滴り落ちる八月初旬。あれは、例年行われている進路指導を兼ねた三者面談日のことだった。

§§§

その夜。

仕事を終え、午前零時を少し回った頃に家に戻ってきた雅紀は不機嫌丸出しだった。

（あの……ド素人がッ）

ダイニングキッチンのソファーにジャケットを放り投げ——いや、感情まかせに思うさま叩き付けてしまうほど苛立《いらだ》っていた。

普段の雅紀ならば、そこまで引き摺《ず》らない。仕事とプライベートはきっちり別物だったからだ。しかし。今日は酷《ひど》かった。

どのくらいのレベルかというと……まさに、雅紀にとっては最悪な一日だった。

なぜなら。撮影時間が押しに押して、スケジュールが大幅に狂ってしまったからだ。

同じファッション誌と言っても、女性誌《レディース》と男性誌《メンズ》では発行冊数からして違う。実売数ではもっと、あからさまに差が出る。それは基本的な需要の格差であるから仕方がない。

今回、雅紀がオファーされたのは、大手出版社が打ち出した特別企画ということで、テーマは『秋のデート服勝負』だった。

しかも。各雑誌の人気ナンバーワン読者モデルがデート相手の男性モデルを指名するという、雅紀的にはありがたくもないコラボだった。

雅紀のマネージャーである市川《いちかわ》は、

「よかったですね、雅紀君。これで女性誌にもっと露出するチャンスが増えるのは間違いないですし」

こういう企画に指名されただけでも知名度は上がり、モデルとしてのランク付けも確実にアップすると喜んでいた。

せっかくやる気マンマンな市川には悪いが、雅紀としてはステージモデルとして場数をこなす機会は欲しいが特に女性誌で露出《ブレーク》したいとは思わない。

ただ、怖いのは真っ白なスケジュール帳であることに間違いはなく、市川が受けた仕事に文句をつけるつもりはさらさらなかった。

――が。男であれ、女であれ、雅紀は『読者モデル』と呼ばれる連中が好きではなかった。路上でスカウトされるか、その手の雑誌オーディションに受かったかの違いはあれ、それだけで自分の容姿は特別であり、すこぶる輝かしい将来が約束されたも同然だと変な勘違いをする輩《やから》が多いからだ。

たまたま偶然、雅紀が出会った相手がそうであっただけかもしれない。それは、否定しない。読者モデルが持てはやされる現実にケチを付けるつもりもない。

雑誌の人気投票で一位になったからといって、それがイコール、モデルとしての実力ではないと思っているだけだ。

紙面《グラビア》を飾る回数は人気のバロメーターかもしれないが、それでキャリアが確実にアップするわけではない。

読者のニーズは日々変化する。

一時《いっとき》、持てはやされ。いいように扱《こ》き使われて、使い古され、一年後には消えていく。そういう読者モデルは腐るほどいる。基本がまったくできていないからだ。

独断だと言われようが偏見だと言われようが、雅紀の考えは変わらない。

雅紀は、自分がプロのモデルとしてこの業界で飯を食っていくという覚悟もプライドもある。

だからこそ、カメラの前でただ言われるままにポーズを作るだけでろくな基本も自覚もできていない奴は顔を洗って出直して来い——と言いたくなってしまうのだ。

人生において、大なり小なりのビギナーズラックは誰にでもある。しかし、どんな業界においても一番大切なことは、それをきっかけとしてレベル・アップできるかどうかの継続力である。

ただなんとなく、ダラダラと……。それでは意味がない。そう思っているだけだ。

仕事は仕事だから、たとえ胸の内でどんなにボロクソに扱き下ろそうが表情に出したりはしない。自分に要求されたことを全力でやるだけだ。

けれども。今回は、その方程式が成り立たなかった。読者モデルという相方がいたからだ。オファーを受けた段階では、名前も知らなかった。ナンバーワンというのだからそれなりに人気があるのかもしれないが、顔も知らなかった。普段、雅紀はその手の雑誌を見ないからだ。受けた後で、自分を指名したという相手のプロフィールを見た。市川がファイルを揃《そろ》えておいてくれたからだ。

「どうですか?」

市川に問われて。

「頑張ります」

いつも通りに答えた。

もしかしたら、市川としてはもっと別の答えを期待していたのかもしれないが。相手がどこの誰であろうが関係ない。雅紀的にベストを尽くすだけだった。

彼女がどういう理由で、自分のペアとして『MASAKI』を選んだのか。そんなことは、どうでもいいことである。要は『デート服勝負』というコンセプトでペアとしての評価がきちんと得られれば、なんの文句もなかった。

その企画には読者の人気投票もあるとかで、タイアップするアパレル業界における衣装・靴・小物に至るまで、各ペアとタッグを組むスタイリストの手腕も競われるということだった。スタッフの意気込みもやる気も含め、皆、大いに気合いが入っていた。

スケジュールの都合で雅紀は先に単独でスタイリストとの打ち合わせを済ませ、衣装合わせも終わり、当日を迎えた。

ペアを組む荒垣愛美《あらがきまなみ》とは、それが初対面になったのだが。その時点で、荒垣はすっかり舞い上がっていた。

顔を合わせるなり、ポカンと口を開け。

「うわぁ……本物の『MASAKI』だ。背ぇ、高ーい。顔、ちっちゃい。足、長ーい」

独り言には大きすぎる感想を述べ。マネージャーに背中を小突かれて正気に戻ると。

「あの……荒垣愛美でっす。十七歳です。今日は、よろしくぅ、お願いしまっす」

語尾が変な具合に跳ねて、上擦《うわず》っていた。

(こいつ……。こんな調子で大丈夫か?)

内心で呟《つぶや》いた雅紀は、自分の美貌《びぼう》がどれだけの影響力を持っているか。そこらへんは、けっこう無自覚であった。

た。

「こちらこそ、よろしくお願いします」

雅紀がきっちり真顔で返すと、荒垣はいきなりポッと火がついたように首筋まで真っ赤になった。

そんな荒垣の反応に、周囲のスタッフたちは。

——可愛《かわい》いねぇ。

——ウブだよね。

——純情。

などと茶化して、冷やかして、あるいは微笑《ほほえ》ましげに口元を綻《ほころ》ばせたが。それも、撮影が始まるまでのことだった。

「ほら、ほら、硬いよぉ。もっとリラックスして」

最初はおだてムードのカメラマンも。

「ダメ、ダメ。顔が強《こわ》ばってるし」

次第に苛つき。

「そんなんじゃ、ちっとも楽しそうじゃないって」

口調も尖《とが》り。

「あのさぁ。これは憧《あこが》れの彼とのデート——が、コンセプトなんだから。そこらへん、ちゃんとわかってる？」

容赦ない駄目出しの連続に、笑顔の作り方どころか自分が今何をやっているのかさえわからなくなってしまったのか。荒垣の眦《まなじり》からは、ついにポロリと涙がこぼれた。

——おい、おい、おい。

——そこで、泣いちゃうわけ？

——ちょっと、勘弁してよぉ。

スタッフも、うんざり呆《あき》れ顔になった。

そんな周囲の空気が針のムシロだったのか。こぼれ落ちた涙は止まらずに嗚咽《おえつ》となり、ついには強制的に休憩タイムへと突入した。

（…ったく。予定がぜんぜん進まなくて、泣きたいのはこっちのほうだっつーの）

雅紀の我慢も、はや限界値であった。

「ウチの荒垣がご迷惑をおかけして、まことに申し訳ございません。憧れの『ＭＡＳＡＫＩ』さんとのツーショットということで、緊張感も半端でなくなってしまいまして」

荒垣のマネージャーが顔面を強ばらせて深々と頭を下げるが、そんなことは言い訳にもならない。

だから——何？

雅紀が視線で返すと、マネージャーの顔色はしんなりと青くなった。

その後、とりあえず撮影は再開されたが。泣き腫《は》らした顔と急降下したモチベーションが短時間で復活するはずもなく。結局、雅紀と荒垣のパートだけスケジュールを調整して後日撮り直すことになった。

本当に。もう――最悪。それを思ったのは雅紀だけではないはずだ。

荒垣が所属する事務所では、この後始末に奔走しなければならないだろう。ここまで事が大きくなってしまうと現場だけの責任ではなくなってしまうからだ。

次が今日の二の舞にならないという保証はどこにもないわけで、雅紀としては荒垣のパートナー役を降りてもまったく構わなかったが。それは脳内妄想だけに留めておいた。

無駄に喧嘩《けんか》を売って歩くほど偉くもなければ、バカでもない。現場に嫌われて、干されて、仕事がなくなる。それはただのジョークではなく業界ではありがちな日常であった。

今日一日時間を無駄にしたことが、まったくもって腹立たしい。これだから、プロ意識の欠片《かけら》もないド素人とは仕事をしたくない。

そんなムラムラとした鬱憤を抱えたまま久々に家に帰ってきた雅紀だが、このところの過密スケジュールで心身ともに疲れ切っていたのも事実だった。

キツい。

怠《ダル》い。

憂鬱になる。

そのせいか、最近は誰ともセックスをしていない。それを思うと、なんだか急に身体が重くなったような気がした。

後腐れなくやれるセックスフレンドには不自由していないが、そのためだけに電話をする気にもなれない。何もかもが面倒くさかった。

（とりあえずシャワーでも浴びてくるか）

身体はクタクタでも汗にまみれた肌はベタつく。本当はゆっくり湯船に浸かって溜《た》まった疲れをほぐしたいが、今はその時間すらもが惜しかった。

そう思ってバスルームへ向かいかけたとき、不意に、バスルームのドアが開いて尚人が出てきた。

雅紀は思わずギョッとして、足を止めた。

同様に、尚人もこぼれ落ちんばかりに双眸《そうぼう》を見開いて固まる。

サファリ柄のタンクトップに、黒無地の短パン。風呂上がりでほのかに上気した尚人の肌からはシトラス系ボディーシャンプーの香りがした。

——とたん。雅紀の下腹がズクリと疼いた。

ついさっきまでは。セックスすら面倒くさい——そう思っていたのに。雄の本能が、それを裏切る。

（……サイアク）

色白な肌に釘付けになった目を無理やり引き剝《は》がし、雅紀は舌打ちをする。なんで、このタイミングで……と思うと、先ほどまでの苛立たしさがブリ返して更に苛ついた。

母親との肉体関係が原因で、雅紀のセックス観はねじ曲がってしまった。

今更、あれは心が疲弊してしまった母親を守るための必要悪——などと弁解するつもりはない。

最初がどうであれ、二度目からは雅紀の意思だった。だから、すべてを母親のせいにして被害者を気取るつもりはなかった。

母親が悪いのではない。

母親だけの責任ではない。

雅紀を父親と間違えてすがりついてくる母親が哀れで、悲しすぎて……その手を拒めなかった。

それは、事実だが。

なにより。男の生理は一度火がついてしまうと射精しなければ終わらないものだと知ってしまった。それが自分の手であっても、誰のものであっても、刺激されれば勃起《ぼっき》する。快感は、我慢とも忍耐とも無縁だった。

雅紀は母親との肉体関係に溺《おぼ》れていたわけではない。自分から率先して母親を求めたこともない。差し伸べられる手を振り切れなかっただけで。それも、今となっては見苦しい言い訳かもしれないが。

沙也加は、それを『汚い』と罵《ののし》り『穢《けが》らわしい』と吐き捨てたが。母親との関係が決して許されない背徳であっても、雅紀自身の罪悪感は乏しかった。

しかし。その母親が突然逝《い》ってしまうと、張り詰めていたものがプッツリ切れて胸の中にポッカリ穴が開いてしまった。

いや――穴が開いてしまったことすら無自覚だった。

母親が死んでも、雅紀にはまだ守るべき家族があったからだ。弟たちを路頭に迷わすことなどできなかったからだ。たとえ、それが引きこもりの厄介者でも。

そして、母親の死後半年ほど経ってから、突然……来た。

何がきっかけだったかも、わからない。ある日突然、視界が無味乾燥になった。

なんで？　――とか。

どうして？　――とか。考えることすら無意味に思えて、いきなりの喪失感が埋まらなくなった。

突然、背骨から芯が抜けてしまったかのような失墜感が止まらない。

その穴を埋めようとして仕事に没頭した。そうやって、多忙を極めて疲れ切ってしまわなければ眠れなくなった。

モデルは身体が資本だ。睡眠不足で仕事に支障を来《きた》すようではプロ失格。そんな不様な真似《まね》はできない。

――いや。

違う。

初めは、そうだったが。そのうち、それだけが理由ではないことに気付いてしまった。尚人の顔をまともに見られなくなってしまったからだ。

――なぜ？

弟に欲情してしまう自分を自覚させられてしまった。

いったい。

どうして。

――そんなことに。

それを自問するだけで鼓動は異様に逸《はや》り、耳鳴りがして、掌に厭《いや》な汗が滲《にじ》み、喉《のど》が……灼《や》けた。

それだけは、ダメだ。

本当に、マジで――最悪。

母親とのセックスに罪悪感はなかったが、尚人を性的な対象として見ている自分にははっきりと嫌悪感を覚えた。

なぜ?

――尚人なのか。

どうして?

――尚人でなければならないのか。

母親とセックスしていたから、血の繋がった弟にまで欲情するのか?

そうなのか?

――違うのか?

思考は絶えずループした。答えの出ない迷宮をひたすらグルグルと。

どうしようもない嫌悪感を感じながら妄想することをやめられない……嫌忌。

無垢《むく》な弟を情欲で穢す。その、暗い喜び。いびつな……快楽。

現実生活での抑圧は、淫夢《いんむ》となって雅紀を侵食した。

やめられない。

止まらない。

まともに、息もできない。

そんな劣情に囚《とら》われて身動きすら取れない自分に、死ぬほど嫌気がさした。唾棄《だき》すべき自分に、虫酸《むしず》が走った。

最低最悪なのではなく、凶悪すぎて自分が下劣なケダモノになった気がした。

だから、家に帰るのが辛《つら》くなった。ただの妄想ではなく、いつでも、どこでも、半ば無意識に尚人を視姦《しかん》している自分が――怖い。

かつて。沙也加に『汚い』と罵られても『穢らわしい』と糾弾《きゅうだん》されても平気だった。だが、今、その言葉が毒々しいほどの棘《とげ》になって雅紀を抉《えぐ》った。

醜悪。

醜怪。

――グロテスク。

そんな自分を尚人に気付かれてしまうのではないかと思うと、ひとつ屋根の下にいるのがどうにも苦しくて。尚人と視線を合わせるのが嫌で、つい邪険な態度で尚人を視界から弾き出すことしかできなかった。

そのたびに心がささくれて罅《ひび》割れていったが、弟たちを養うために仕事をするのだという逃げ道があって、むしろ救われた。

――大丈夫。俺は下劣なケダモノにだけはならない。

まるで呪文《じゅもん》のように、事あるごとに自分に言い聞かせた。

『大丈夫』

『だいじょうぶ』

『ダイジョーブ』

自己暗示で——縛る。自分の中のケダモノが永遠に目を覚まさないように。

なのに。

どうして。

こんなところで、偶然に鉢合わせをしてしまうのか。

——偶然？　ただの？

(……ホントに？)

そこには、なんの作為もないのだろうか。

わけのわからない後ろめたさにドクドクと逸る鼓動が……痛い。

「あ……雅紀兄さん、お帰りなさい」

言い様、尚人はわずかに目を逸《そ》らした。

それがまた、妙に腹立たしい。

母親との情事を知られて以来、尚人は雅紀の顔をまともに見ない。雅紀は尚人を情欲で穢すことが怖くて極力目を合わせないが、それと同じことを尚人にやられるとものの凄く落ち込む。気分がささくれる。腹が立つ。エゴ丸出しの身勝手な言い分だとわかっていても、理性と感情はきっぱり別物だった。

だから。つい、邪険な態度を取ってしまう。

「そこに突っ立ってられると邪魔だ」

声すら、冷たく尖る。

「ご……ごめんなさい」

ヒクリと身を竦《すく》めて、尚人がぎくしゃくと壁にへばりつく。

（あー……そうじゃない）

——違うッ。

そんな顔をさせたいわけじゃないのに……。

思っていることとやっていることが常に真逆になってしまう——歯噛み。

どうして、何もかもが裏目に出てしまうのか。内心で、雅紀は臍《ほぞ》を噛む。

そんな雅紀の顔色を窺《うかが》うように、

「雅紀兄さん。あの……三者面談のことなんだけど……」

尚人が上目遣いに見た。

「三者面談？」

言われて、そういう時期だったことを思い出す。毎年、夏休みを利用して行われる進路指導のことである。

尚人が通う平野西中学は雅紀の母校でもある。母親が死んで、今は雅紀が保護者代わりでもある。昨年は仕事に忙殺されて、どうにもスケジュールが合わずに欠席した。

だが。中学三年になった尚人は高校受験を控えていて、今年は出ないわけにはいかないだろう。

それだけでもう、気が重くなった。

「いつだ？」

「七月二十五日から八月五日までで、雅紀兄さんの都合のいい日……ある？」

そんなことを今言われても、無理だ。まずはスケジュールを確認してみないと。

「返事はいつまで？」

「え……と、明日」

まさか、そんなに差し迫っているとは思わなくて。

「なんで、もっと早く言わないんだ」

声を荒らげると。

「……ごめんなさい」

目に見えて、尚人が萎縮《いしゅく》する。

その様に、一瞬、強い既視感を覚えた。

かつて、堂森《どうもり》の祖父に怒鳴られて、顔を歪《ゆが》めて泣きそうになっていた幼い頃の尚人がデジャヴする。

——大丈夫。

——ナオは悪くない。

——ほら、泣かなくていいから。

しょげかえる尚人を抱きしめて、柔らかな髪を撫《な》でてフォローするのは雅紀の役目だった。自分は絶対、祖父のように尚人を泣かせたりしない。そう思っていた。

なのに。今は、真逆だ。尚人を萎縮させ、顔を歪めさせている張本人は雅紀だった。

(くっそぉ……)

ギリギリと奥歯が軋《きし》る。

こんなはずではなかった。尚人を守って大切にし、うんと甘やかしてやるのが自分の役目だと思っていた。なのに……。

いったい、どこで。

何が、間違ってしまったのだろう。

——決まっている。

すべての元凶は父親にある。あいつが不倫なんかして家族をポイ捨てにしたからだ。

あいつが悪い。

あいつが、憎い。

あいつのせいで母親は死に、そのせいで家族はもはや崩壊寸前だ。自分たち兄妹弟は、あいつのせいで消えないトラウマを抱えてしまった。

許せない。

——赦さない。

いつか、絶対に後悔させてやる。

今更のように、フツフツと憤怒が滾《たぎ》る。父親への憎悪を掻《か》き立てることで、尚人への劣情を掻き消す。その呪縛のループに嵌《はま》って抜け出せなくなる前に、雅紀はひとつ大きく息をした。

「プリント、キッチンのテーブルに置いておけ。あとで記入しておくから」

それだけを言い捨てて、雅紀はバスルームに駆け込んだ。

去っていく雅紀の背中が視界から完全に消えてしまうまで、尚人はそこから一歩も動けなかった。

(あーあ、また怒らせちゃった)

目を伏せ、ひっそりとこぼす。

(なんで……どうして、こうなっちゃうんだろ)

怒らせるつもりはないのに、自分のやることなすことのすべてが雅紀の癇《かん》に障ってしまうらしい。

——なにが?

——どこが?

——どんなふうに?

自問することすら、もはや虚しい。

それを思うと、条件反射のようにシクシクと胸が痛んだ。

もう何をどうやっても無駄なような気がして、絶望感で目の前が暗くなる。

母親が死んで、何もかもが変質してしまった。尚人はもう秘密を共有する共犯者としてはなんの価値もない、ただの厄介者にすぎない。それが……悲しい。辛い。

本当は、三者面談のプリントも去年と同じように『欠席』で出そうと思っていた。篠宮家の家庭事情は尚人たちが吹聴して回るまでもなく、もはや公然の秘密も同然だった。

だから。去年、尚人が『欠席』と書いても、

――やっぱり、無理そうか?

――はい。

――そうか。

担任はひとつため息を落としただけで、それ以上深く突っ込んでは来なかった。逆に突っ込んでこられても、尚人としては返事のしようもないが。

今回も、それでいいかなと思っていた。雅紀が超多忙なのはわかっていたし。そのせいか、最近はまともに家にも帰ってこない日が多い。

淋しいけれど、しょうがない。尚人たちを養うために、雅紀は一生懸命働いているのだから。

それを感謝こそすれ、文句なんか言ったらバチが当たる。

自分のことは自分で何とかするしかない。そう思っていた。

だが。久々に雅紀が帰ってきたのだと思うと、バカのように突っ立っているのがもったいなくて。何か話をするきっかけが欲しくて。つい、三者面談のことを口走ってしまったのだ。

結局。いつものパターンに嵌ってしまっただけ、だったが。

(俺って、ホント、学習能力ないよなぁ)

何を、どうやっても、やることなすこと裏目に出る。母親が死んでしまってから、二人の間には埋まらない大きな溝ができてしまった。

いや……違う。

秘密の共犯者になったとき、すでに目には見えない亀裂は始まっていたのだろう。尚人が雅紀を想えば想うほど、雅紀は遠くなるばかりであった。

今更のようにそれを思い、尚人は途方に暮れたように項垂《うなだ》れたままトボトボと歩いた。


尚人が使用したばかりのバスルームには、まだ微《かす》かにその痕跡が残っていた。シトラス系の爽《さわ》やかな香り……。いつもなら、気にもならないはずだった。

——なのに。
(クソッ)
グラグラと煮えたぎる想いを消し去りたくて、雅紀は頭からほとんど水に近い低温のシャワーを浴びる。

（ホントにもう、最悪）

知らず、舌打ちが漏れる。

すると。先ほどの風呂上がりの尚人の姿が嫌でも思い出されて。キリキリと奥歯を噛み締めずにはいられなかった。

（俺の前で、半裸でウロチョロすんじゃねーよッ）

むろん、半裸でないことは百も承知だ。だが、肩から剝《む》き出しになった腕のしなやかさが、足の細さが、ほのかに上気した肌のすべてが目の毒だった。

いっそのこと全裸であったほうがマシかもしれない。それだと、妄想の入る隙間《すきま》もなくなってしまうから。

そんな、バカ丸出しのようなことを考えて責任転嫁する。悪いのは自分だけじゃない——と。

淫《みだ》らな妄想が収まらないのは、尚人がそうさせるからだ。こんな時間帯に風呂から出てきて惑わせる、尚人が悪い。あんな恰好《かっこう》で挑発をする尚人のせいだ。

（……クソッ）

そんなものは、虚しいだけの詭弁《きべん》だと知っている。どんな言葉で自分を正当化しようとしても無駄だということも。

雅紀は、初めて尚人に欲情したときのことをはっきり覚えている。

尚人はリビングのソファーでうたた寝をしていた。やはり、タンクトップに短パン姿で。それが、尚人の真夏の定番スタイルだった。

今でも肉付きの薄い尚人だが、当時の尚人はもっと華奢《きゃしゃ》だった。毛も生えていないツルリとした脇からタンクトップ越しにピンクの乳首が見えた。男の乳首など、別になんとも思わないが。そのとき、雅紀の目は釘付けになってしまった。短パンから剝き出しになった生足の奇妙ななまめかしさとともに。

尚人の裸など、ほんの幼児の頃から嫌というほど見慣れていた。

一緒にプール遊びもしたし、風呂にも入った。弟たちを風呂に入れて隅々まで綺麗《きれい》にしてやることが、当時の雅紀の日課のようなものだった。

決して広いとは言えないバスルームの中でハイテンションにハシャぎまくる弟たちがウザイ……とたまに思うことがあっても、苦にはならなかった。それが、長男としての役割だと思っていたからだ。

股間《こかん》にぶら下がっているものが小さくて可愛いと思っても、ただそれだけだった。自分と同じ物がついている。なんの不思議もなかった。

なのに、そのときは違った。

尚人のすべてが生々しかった。

ホッソリとした華奢な腕を撫でてみたい。しなやかに伸びた足に触れてみたい。ちょっとだけ……。そう思った。

一緒に風呂に入らなくなって、もう何年が過ぎたのか。あの可愛らしい股間の膨《ふく》らみは、今、どうなってる？

ちゃんと、剝けてるのか？

陰毛は生えたのか？

精通はしたのか？

普段は思わないことまでが立て続けに頭に浮かんで、思考がグルグルになっていく。

額にうっすら浮かんだ汗が球になって柔らかな頰《ほお》から滑り落ちる。思わず舐《な》め取ってやりたい衝動に駆られて、鼓動がひとつ大きくドクンと跳ねた。

やけに大きく胸で響いた音にビックリして、ハッと我に返った。

今、自分が何を考えていたのか。それを自覚して、その場で固まった。そして、ぎくしゃくと後ずさりをして一目散に自分の部屋に駆け込んだ。

胸で。首筋で。こめかみで。

心臓が。鼓動が。血脈が。

バクバク、と。

ドクドク……と。

ギシギシ——と、拍動した。

頭の芯まで、ズキズキと疼いた。

——それって、おかしいだろッ！

否定しても、瞼《まぶた》にこびりついたものは消えなかった。

——消せなかった。

雅紀が誕生日プレゼントで買ってやったネイビーブルーのエプロンをして台所に立つ尚人の後ろ姿に、否応なく刺激された。

肉付きの薄い背中。華奢な腰。短パン越しに尻の丸みがくっきり透けて、目が離せなくなる。

剝き出しの太腿《ふともも》から小さな踵《かかと》まで、何度も繰り返し視線で撫でる。息を詰めて、ゆっくりと。

ねっとり……と、好きなだけ撫で回す。そして、下着の食い込みのその先を思い小さく喉が鳴った。

欲情する。

妄想する。

そんな自分を——嫌悪する。

その繰り返しだった。

自分の内側からいつ自制を食い破ってケダモノが出てくるかと思うと、それが無性に怖かった。

そんな昔のことまで思い出して、瞼の裏がチカチカした。目の奥が、やたらヒクつく。煮えた頭の芯が——疼く。

(あー……クソぉ)

雅紀は両手を壁に打ち付けた。

鼓動がブレる。吐息が荒れる。喉奥が灼ける。下腹に熱が溜まる。

ダメだ。

ダメだッ。

ダメだッ！

自己嫌悪で視界が灼けて、妄想が――劣情が止まらない。

雅紀はノロノロと股間に手を伸ばした。身体の芯がどんよりと重くても女とセックスするのも面倒くさいと思っていたのに、風呂上がりの尚人に欲情する。その証が、股間でいきり立っている。

嘘がつけない男の欲望に自嘲《じちょう》と嫌悪を抱きながら、硬くしなりきったモノを鷲摑《わしづか》みにして一気に扱《しご》き上げた。

「あっ……うっ……ン、んッ……はっ、はっ……」

歯を食いしばり、喘《あえ》ぎを噛み殺し、ひたすら爛《ただ》れた快感だけを追う。妄想の中の尚人を思い浮かべながら。

そして、ひとつ大きく胴震いをし、呻《うめ》き声を上げて吐き出す。溜まりに溜まっていた濃厚な雄の精を壁にブチ撒《ま》けた。

上り詰める快感はあっても、身体の芯がとろけるような愉悦はなかった。

けれども、そこには溜まったモノを吐き出すだけのセフレの女たちと性交するような排泄《はいせつ》感はなかった。爛れた妄想とはいえ、相手が尚人だったからだ。

（……腐ってるよな）

それも、今更だったが。

バスルームから出て、ダイニングキッチンに直行する。スポーツ飲料のボトルを取り出してグラスに注ぎ、一気に飲み干す。それでようやく、身体の芯にこもっていた熱が退いたような気がした。

テーブルに目をやると、三者面談のアンケート用プリントが置かれてあった。手にとって、じっくり見る。

どの日も、二十分単位で細かく区切られていた。

(とりあえず、仕事のスケジュールを確認しとかないと)

気は重かったが、面談を欠席するという選択肢はなかった。中学三年生の三者面談が高校受験の進路指導には欠かせないものだと知っていたからだ。

今の自分には、保護者代わりとしてそれくらいのことしかしてやれない。

ソファーにおいたままのバッグからスケジュール帳を取り出して、日時をプリントと付き合わせる。

(んー、やっぱ八月五日の最後だな)

今から確実に空けておけるスケジュールはそこしかない。市川に連絡して、休みを確保しておかなければならない。

プリントに『八月五日、午後四時』の枠にチェックを入れて、保護者名欄に自分の名前を書く。

そして、ついでに尚人の名前を記入しようとして今更のように気付いた。尚人が、三年の何組であるかも知らないことに。

「はぁぁぁ………」

ため息が重い。自分のことだけでアップアップしている現実を突きつけられたような気がした。

(何やってんだかなぁ)

本当に情けない。

どっぷり自己嫌悪に浸ってふと気が付けば、とっくに午前二時を過ぎていた。

とりあえず、プリントを持って階段を上がる。どうせ自分の部屋に戻るのだから、ついでにプリントを尚人の部屋に持っていくだけのことだ。そんな言い訳じみたことを考えている自分が、すでにおかしい。

――変だろ?

わかっている。

尚人の部屋に入るための理由付け。

――やめろ。やめろ。やめろ。

頭の中で声がする。

幻聴?

理性の声?

それとも、良心の囁《ささや》き?

――ダメだ。ダメだ。ダメだ。

――ヤメロ。ヤメロ。ヤメロ。

頭の中でループする声がウザイ。

それでも、足は止まらない。

ノックは……しなかった。この時間帯であれば、尚人はとっくに寝ている。せっかく眠っているのに、起こしたくない。

——嘘である。

知っている。

尚人の寝付きは、すこぶるいい。生活のリズムが身体にインプットされているのか、いったん熟睡モードに入ってしまうと滅多なことでは起きない。それを知っているから、雅紀はかえって堂々と尚人の部屋に入れたのである。

このところ、まともに尚人の顔も見ていないから。目が合えば、つい邪険でキツイ物言いしかできないから。せめて……。言いたいことがあっても、呑《の》み込んでしまう。だから……。今はプリントを届けに来ただけ。

後付けのこじつけなら、それこそ山のようにある。

保安球しかついていない部屋の中は暗かった。だが、なんの支障もなく、雅紀はゆったりとした足取りで机まで歩み寄った。

机上の電気スタンドをつけて、とりあえずプリントを置く。

相変わらず、尚人の机の上はスッキリと片付いている。室内も同様に、制服もきちんとハンガーに掛かっている。

(そういや、ナオの部屋に来るのも二年ぶりか)

最後にここに来たのは、偶然尚人に母親との情事を知られて、その後始末《口封じ》を付けに来たときである。

情事そのものを目撃されたわけではないが、母親の部屋から半裸で出てきたところで尚人と鉢合わせをしてしまったのだ。いったい、いつから尚人がそこにいたのかは知らないが、雅紀が母親と何をしていたのかはバレバレだった。

あのときは、一瞬、マジでパニクった。頭の中が真っ白になって、とっさに何も考えられなくなってしまった。

こぼれ落ちんばかりに双眸を見開いて立ち竦《すく》んでいた尚人が、わずかに顔を引き攣《つ》らせて脱兎《だっと》のごとく階段を駆け上がっていくのを、ただ呆然《ぼうぜん》と見ていただけだった。それから、ふと我に返って。

——マズった。

——ヤバイだろ。

——どうしよう。

頭の芯がガンガン喚《わめ》き散らした。

だが。相手が尚人だったから、逆に、ネガティブな呪縛に嵌らずに済んだ。

バレてしまったのなら、しょうがない。素直に開き直ることにした。

下手な弁解はしない。——無駄だから。

釈明もしない。母親とそうなった経緯をクドクド説明しても、きっと尚人には理解できないだろう。

取り繕う気もない。今更、何もなかったことにはできないのだから。

だから、今の自分にできることをすることにしたのだ。

——このことは、誰にも言うな。

——おまえが黙っていれば、俺たちはこのままずっと家族でいられる。

——いいな?

——わかったな?

両腕で尚人の身体を抱き込んで、その耳元で囁き続けた。

——これは、俺とおまえの二人だけの秘密なんだから。

小刻みに震える尚人の髪を撫でながら、耳元で優しく恫喝《どうかつ》した。尚人を秘密の共犯者にするために。

結局。どんなに上手く取り繕ったつもりでも、秘密なんてものは必ずどこかで綻びができるものなのだろう。沙也加にもバレて、家族はあっけなく崩壊してしまったが。

当時のことを思い出して、ひとつため息をこぼす。

尚人にバレてしまったときには、さすがにパニクったが。沙也加に母親との情事を目撃されても、それほどの衝撃はなかった。

なぜだろう。

自分でも、よくわからない。

――が。そのことに関する限り良心の呵責《かしやく》も罪悪感もないので、雅紀の胸はチクリともしなかった。ただ、条件反射のごとく、ベッドの中の尚人をチラ見しただけだった。

枕に半分顔を埋めた尚人は完璧に熟睡していた。わずかに半開きになった唇から寝息も漏れないほどに。

寝相はあまりよくない。タオルケットをくちゃくちゃにして腹に抱き込んだまま寝ている尚人は、普段よりもずいぶん幼く見える。それは、あの頃と少しも変わっていない。

チラ見だけのはずが、次第に目が離せなくなる。

タンクトップの裾《すそ》が捲《めく》れて、わずかに背中が剝き出しになっている。しかも、抱き込んだタオルケットを左足で押さえるようにしているので、短パンの尻《しり》は丸出しである。先ほどのような挑発的な生々しさはなくても、踝《くるぶし》まで剝き出しになった足は充分になまめかしい。

なまめかしいと感じることで、わずかに体温が上がる。

風呂上がりだから?

――違う。

ドクリ、ドクリ……と。ゆっくり、鼓動が迫《せ》り上がる。

机上のスタンドが作る陰影が、更に拍車をかける。

雅紀は身じろぎもしない。

迫り上がった鼓動が平穏に戻るまで、雅紀はベッドの中の尚人を凝視し続けた。そして、ギュ

ッと拳《こぶし》を握りしめた。

「……大丈夫」

低く、ごちる。

バスルームで溜まりに溜まっていたモノを抜いてしまったから、ついでに凶悪じみた憑《つ》き物もそれなりに落ちてしまったのか。凶暴な衝動は込み上げては来ない。

それを自覚して、今度はどっぷりとため息をついた。

衝動という名の劣情。

体内に飼っているケダモノが舌舐めずりをするための条件反射。

(妄想が暴走しないように、いつでもちゃんと抜いておけってか?)

自嘲が唇に苦い。何が本末転倒なのかもわからなくなる。

そうして、雅紀は電気スタンドを消して部屋を出ていった。いつまでもそこにいると、いったんは収まった劣情がまた込み上げてこないとも限らない。

(――大丈夫)

自制できる。

今の自分は充分に理性的だ。

(大丈夫)

歯止めはかけられる。

ちゃんと、コントロールできる。

いが。

（俺は……大丈夫）

それを証明したくて、雅紀は尚人の部屋に来たのだと思えた。

――いや。それもまた、自分の都合のいいように事実をすり替えるためのこじつけかもしれな

朝、尚人が目を覚ますと。机の上に三者面談のプリントがあった。

必要事項は、ちゃんと記入済みだった。

（まーちゃんが持ってきてくれたんだ？）

雅紀が部屋に来たことなど、ぜんぜん、まったく気が付かなかったが。それだけでも、嬉《うれ》しさが込み上げた。

怒らせてはしまったけど、無視はされていない。雅紀は、ちゃんと自分のことを考えてくれているのだと。

（……よかった）

それだけで、胸の芯がほんわかと暖かくなった。

八月五日。

三者面談の当日は、雲ひとつない快晴だった。ギラギラと輝く太陽が目に痛いほどの青空だった。

外は、朝からうんざりするほど暑かった。猛暑というよりは酷暑である。

自宅から平野西中学までは、普通に歩いて約二十分。三者面談は同じ日程で全学年で行われるので、車の駐車スペースも限られる。

かといって、その間、路上駐車をするわけにもいかない。ちょっとだけなら……。皆がそれをやってしまったら、近隣住民からの苦情が出るに決まっている。

近所にコインパーキングがあるわけでもない。

そういうわけで、原則、車での来校は禁止。プリントにも、そう書いてある。

自分が中学生であった頃には、歩いて当然の距離を自動車で行こうなんて考えもしなかった。だが、社会人になって日常的に車が足代わりの必需品になってくると、真夏の二十分がやけに遠くに思えてしまうのだった。スポーツジムで二十分間走るのは、まったく苦にもならないのにだ。

中学生当時の雅紀は夏休みでも部活があったので、三者面談当日に母親と肩を並べて学校まで歩いたことはない。雅紀が先に出て部活をやり、時間になると練習を抜け、道着を制服に着替えてから教室前で母親を待つ。そうして、面談が終われればまた部活に戻る。そんな感じだった。

だから。当日、制服姿の尚人と一緒に家を出て、中学校まで肩を並べて歩く——実際には尚人は雅紀の一メートルくらい後ろを歩いていた——というのも、なんだか違和感がありすぎて。

昔はどこに行くのも手を繋《つな》いで一緒に歩いたが、家族が崩壊してからは尚人と二人で出歩くこともなくなってしまった。

今では、繋いだ手の温もりもその感触もすっかり忘れてしまった。

(暑っちー……。学校に着くまでに焼け焦げそうだって)

外がうんざりするほど暑いのと、鳴り止まない蟬《せみ》の大合唱がひどく耳障りなのとで、雅紀は口を開く気にもならなかった。

結局。尚人のクラスである三年五組前に着くまで、いや……着いたあとも、二人の間にまったく会話はなかった。外温は異常なほど高いのに、二人を取り巻く空間だけが冷え込んでいるかのように。

もちろん。黙り込んでいるのは雅紀と尚人だけで、二人を遠巻きにする周囲はある意味騒然としていた。

雅紀と尚人の年齢差は五歳である。小学校のときに一年間だけ通学時期が被《かぶ》っただけなので、同じ小学校から持ち上がりである同期生たちは別にして、雅紀が尚人の兄であることを知らない者のほうが多かった。

——にもかかわらず、篠宮家の家庭事情は小学生時代と同様にスキャンダラスにダダ漏れだった。なにせ、美形四兄妹弟として、どうやっても派手目立ちの悪目立ちの噂《うわさ》からは逃れられなかったからだ。

特に、尚人が一年生だったときには三年生に沙也加がいて。篠宮尚人の美人な姉ちゃん――の話題には事欠かなかったし。その先には、必ず『篠宮家の超美形な兄ちゃん』の噂があり、更に盛り上がったことは言うまでもない。

雅紀を知っている者はその美貌がいかに凄いかを自慢げに語り、雅紀を知らない者はハイパー・スペシャル級のイケメンを妄想した。

とにかく。雅紀を知らない者も『MASAKI』を知っている者も入り乱れて、校舎内は騒然としてしまった。

――きゃあ♡

――うわぁ♡

――すっごいイケメン。

――あれ、誰？

――どこの、何様？

――あれって、もしかして『MASAKI』じゃねー？

――えー、嘘だろ。

――マジで？

――なんで？

――どうして？

――それって……誰？

親も子も、遠巻きにミーハー根性丸出しであった。遠慮も何もあったものではない。

(なんか……久々だよな、こういうのって)

大人も子どもも、女子も男子も、皆が皆、半端なくインパクトのありすぎる雅紀の美形ぶりに圧倒されて悩殺されてしまうのがだ。

今が夏休み中の三者面談でなかったら、校舎内はもっと凄いことになっていたかもしれない。

(キャップとサングラスだけじゃ、隠せないもんなぁ)

何が?

もちろん。『長身』『スタイル』『美貌』の三点セットでダダ漏れる雅紀の只者じゃないオーラがだ。

——いや。他の生徒がほとんど母親連れという点で、すでに視界の特異点である。これが母親たちと同年代の男であれば別だが、おばさんたちの中でただ一人見目麗しすぎる青年が一人……なのだから。どうやったって、悪目立ちは避けられない。

(まーちゃん、機嫌悪そう)

鉄壁の外面《ポーカーフェイス》を崩さない雅紀の表情筋が、尚人には読める。それなりに、だが。

クラス前に用意された面談待ちの椅子《いす》には、二組の母子がいる。予定では、尚人よりひとつ前の安藤《あんどう》がすでに面談中のはずだが、高校受験を念頭に置いた進路指導ということもあってか時間がけっこうズレ込んでいるらしい。

その安藤母子も、その前の瀬川《せがわ》母子も、先ほどからポカンと口を開けたまま廊下の窓枠を背にした雅紀をひたすら凝視している。

（……わかるんだけど）

内心のため息は止まらない。

そして。たった今面談を終えて出てきたばかりの津野《つの》も、やはり……声を呑んだまま母子揃ってドアのところで固まってしまった。

本当に、笑うに笑えない状態である。だから、尚人は、次の番である瀬川に声をかけて促した。でないと、いつまでたっても終わらないような気がして。

「瀬川。君の番。行って」

尚人の声かけで張り詰めていた空気が、一瞬、撓《たわ》んだ。

「あ……え？　は、はい」

瀬川母子はぎくしゃくと立ち上がり、ドアの前に張りついたままの津野を半ば押しのけるように教室内に入っていった。

面談が終われば、あとはサクサク帰るだけ……のはずが。津野はそこに突っ立ったまま興味大ありに、

――誰？

口パクで問いかけてきた。ここまで来たら、下手に隠してもおけないので。

――兄さん。

尚人が口パクで返すと。

津野は今更のようにマジマジと双眸を瞠《みは》り。

――スゲー。

ビシッと親指を突き立てた。

(……ははは)

もはや、乾いた笑いを漏らすしかない尚人であった。

そんなこんなで、ようやく順番が来て教室内に入ると、これから面談という緊張感よりもパンダな気分から解放されてなんだかホッとした。

「はい。篠宮さん、お待たせしました」

担任の小沢《おざわ》は椅子から立ち上がると、雅紀を見てニコリと笑った。

(……スゴイ。小沢先生、まーちゃん見ても超フツーなんだけど)

尚人のほうが驚いた。たいてい、特に女性は雅紀を間近にすると年齢差なく絶句するか舞い上がってしまうか、そのどちらかなのだが。

するると。

「えっ……と、弓削《ゆげ》先生?」

雅紀がそんなことを言い出して、二度ビックリ。

「あら、覚えてた?」

「中二のときの担任を忘れるわけないでしょ」

雅紀は苦笑した。

（え〜〜ッ。ウソ。……聞いてない）

尚人にとっては三度目の衝撃である。

（あるんだ？　そんなこと）

当然、小沢は雅紀と尚人が兄弟であることを知っていたはずだが。一度もそんなことを口にしたことはなかったし、素振りにも見せなかった。

同様に。雅紀にとっても、最後の最後で意外なサプライズであった。

昔とは姓が変わっているので学級担任の名前を見てもまったく気が付かなかった。——というよりも。

（まだ西中にいたんだ？）

そっちのほうに素直に驚く。失礼すぎにもほどがある……のかもしれないが。

「ご結婚なさったんですか？」

「一生できないと思ってたでしょう？」

しないのではなく、できない。あえてそういう言い方をする小沢に、雅紀は何とも言えない顔つきになった。

（それって、ある意味、反則じゃないかな）

なぜなら。それは雅紀がというより、当時のクラス全員がそう思っていたからだ。

雅紀の記憶が正しければ、弓削……いや小沢は当時四十歳は過ぎていたはずだ。その年代の女性にしては身長が百七十センチ近くもあって、なのに、体型はスレンダーを通り越して棒切れのように細かった。

オシャレなどにはまったく興味も関心もなさそうで、いつも引っ詰め髪に地味な服しか着ていなかったせいか、当時は『西中の魔女』と呼ばれていた。

雅紀たちが付けたあだ名ではない。雅紀たちが入学したときには、すでにそう呼ばれていたのだ。

実際、週に三度は授業の前に数学の小テストをやり、五十点以下の者は強制的に放課後に居残りで再テストをするという鬼ババアであった。たぶん、当時は受け持ちのクラス全員から嫌われていたはずだ。今は、どうなのかは知らないが。

しかし。その徹底した鬼ババアぶりが最終的には学力向上の基礎になったことを実感した者が多いのも、また事実であった。

「とりあえず、おめでとうございます」

今更のようにペコリと頭を下げると。

「はい。ありがとう。篠宮君も、ご活躍おめでとう」

小沢にそんなことを言われると、なんだか面映ゆい。いや……脇腹がムズムズした。

「……どうも」

「まぁ、お久しぶりの挨拶《あいさつ》はこれくらいにして。さっそく、本題に入りましょうか」

当時と何が一番変わったかと言えば、体型はほぼ昔のままだったが、その物腰が驚くほど柔らかくなっていたことかもしれない。

（やっぱり、結婚したせいか？）

そうとしか思えない雅紀であった。

そんな二人のやりとりを、尚人はひとり蚊帳《かや》の外状態で見ていた。

（まーちゃんって、そんな顔もできるんだ？）

なんだか意外な発見ができて、尚人は深々と嘆息する。

ここ数年、尚人は気難しい雅紀の顔しか見たことがなかった。当然、笑った顔など記憶の中にしか存在しない。それが、ただの苦笑であったとしてもだ。

なのに。かつての担任であった小沢には顔つきどころか口調すらもが和らいでいる。

（なんか……悔しい）

自分にはできないことをいとも容易《たやす》くやってのける小沢が羨《うらや》ましくて——ひどく妬《ねた》ましい。

「えーと、篠宮君の第一志望がどこだか、お兄さんは知っていますか？」

分厚いファイルを捲って小沢が言った。面談モードに切り替えた小沢の口調は、先ほどまでとは違うトーンだった。

「翔南高校です」

それは、面談スケジュール決定のプリントを尚人から手渡されたときに聞いた。

そのときに、尚人が三年五組であることも知ったのだが。同時に、自分が今までどれほど尚人の学校生活に無関心であったのかを思い知らされた。

だから、三者面談の前に確かめておきたかったのだ。尚人がどこの高校に行きたいと思っているのかを。

それが翔南高校だと知ったとき、雅紀は内心でため息をついた。翔南が県下随一の高偏差値《進学校》だったからではない。沙也加も翔南への進学を希望して不合格だったことを思い出したからである。

沙也加が、なぜ翔南を志望したのかは明白だった。

父親絡みのスキャンダルで家庭環境が最悪でも、やる気さえあればなんでもできる。今まで西中から誰一人として合格した者がいない高校にチャレンジすることで、沙也加は周囲を見返してやりたいというより、自分自身に証明したかったのだろう。

努力は自分を裏切らない。

――ことを。

そして。弟たちに見せてやりたかったに違いない。苦境に負けない姉の頑張りを。

だから、あんたたちもしっかりしなさい――と。

――あたし、絶対に翔南高校に行くから。

気丈に宣言し。塾に通う金もなかったから、その分寝る間も惜しんで猛勉強に励み、そして――惨敗《ざんぱい》した。受験目前で、母親が死んだからだ。

『お母さんなんか、死んじゃえばいいのよォォッ！』

金切り声を張り上げて罵倒《ばとう》した翌朝、母親が死んでしまったからだ。

その経緯は、雅紀と尚人しか知らない。裕太も親族も周囲の者たちも、母親が死んだのは心労がたたっての睡眠薬自殺だと思っていた。そう思われてもしょうがないほど、母親の精神は疲弊《ひへい》しきっていた。

周囲の者たちは、受験に失敗した沙也加にいたく同情的だった。

——あんなことがあったあとだから、しょうがない。

——タイミングが悪かったのよねぇ。

——本当に残念。

——こうまで不幸続きだと、慰めようもないし。

おそらく。そういう周囲の同情すらもが沙也加にはストレスだったに違いない。自分が投げつけた罵倒が引き金になって母親が死んだ。そう思っているからだ。

母親が何を思って死んだのか。それは誰も知らない。永遠の謎だ。何も言わず、残さず、逝ったのだから。

だが。その責任は、不倫をして家族を捨てた父親にある。皆が、そう思っている。雅紀も、そう思っている。

——が、沙也加は違うのだろう。

それならそれで、しょうがない。今更、雅紀が何を言っても何も変わらないからだ。

本命の翔南高校だけでなく、沙也加は滑り止めだった私立も落ちた。

中学浪人だけはさせたくないと、祖父母と当時の担任がなだめすかして受けさせた後期二次募集の私立高校にかろうじて入学することができたが。プライドの高い沙也加にしてみれば、それは屈辱以外の何ものでもなかったはずだ。

今、沙也加がどういう気持ちで高校生活を送っているのか、雅紀は知らない。知りたいとも思わない。そういう意味では、沙也加にまったく関心が向かないからだ。

母親を罵《ののし》って、雅紀を罵って、沙也加は父親と同じように自分たち家族を切り捨てにした。

そして、死んでしまえと言った母親の実家で暮らしている。何不自由なく……ではないかもしれないが、少なくとも路頭に迷う心配はない。

けれども。

まさか。

尚人までが翔南高校を志望するとは思わなかった。沙也加の惨敗をリアルタイムで見知っているから、どこの高校を受験するにしろ翔南だけはないと思っていた。

——しかし。雅紀は『なぜ』とは問わなかった。

「そうか」

それを口にしただけで、志望の理由は聞かなかった。

聞いても意味がないからではない。

尚人がそう決めたのなら、好きにすればいい。そう思ったからだ。沙也加とも裕太とも違うが、尚人は見た目以上に頑固だった。

「そう。翔南高校なのよね?」

それは、小沢の尚人への確認だった。

「はい、そうです」

「……で。第二志望も第三志望も翔南高校なんです」

返す目で、雅紀を見やった。

小沢の言いたいことはわかる。担任としては、もっと選択肢を広げるべきだと言いたいのだろう。

「翔南を受験するには力不足ですか？」

本音でズバリと聞く。実際のところ、尚人の実力がわからなかった。

「いいえ。業者テストの模試判定でもAランクですし。このまま頑張れば、充分狙えると思います」

模試判定の結果など、一度も聞いたことがない。

——そうなのか？

横目で確認すると、尚人はわずかに目を伏せた。照れているのでないことは、間違いなさそうである。

「でもね、篠宮君。高校受験に絶対の二文字はないのよ」

雅紀も尚人も、それは充分すぎるほどに知っている。

三年生の担任ともなれば、小沢も人一倍骨身に沁《し》みているだろう。担当学年ではなかったかもしれないが、沙也加の惨敗も頭の隅にこびりついているはずだ。

雅紀と同学年で生徒会長を務めた者も、学校でも塾でも志望する高校に『当確』ラインと言われながらも、本番で失敗した。

受験に『絶対』はない。つくづく、そう思う。

「だから、万が一……とか言うとあれかもしれないけど。ちゃんと、私立も受験したほうがいいと思うのよ、先生は。どうかな、篠宮君」

「滑り止めで受験しても意味ないです。それより、翔南一本に絞ったほうがモチベーションも落ちないから……。なので、私立は受けません」

小沢は小さくため息をついた。おそらく、雅紀が知らないだけで、このやりとりは今回が初めてではないのだろう。

いつから、尚人が翔南を志望していたのかは知らないが。その意志は固く揺らがないに違いない。

「――と、篠宮君は言ってますが。お兄さん的には、どうですか?」

「俺の意見なんて無意味ですよ。受験するのは弟なんですから。そこまではっきり覚悟が決まっているのなら、翔南一本でいいんじゃないですか?」

小沢は再度のため息をついた。兄弟揃って頑固者――だと思っているのは丸わかりであった。

「それじゃあ、まだ時間もあることだし。もうちょっと考えてみようか、篠宮君」

尚人は『はい』とは言わなかった。ただ、口を真一文字にきつく引き絞っただけで。

(…ったく。誰に似たんだかなぁ、この石頭ぶりは)

尚人が思っていることなど、ミエミエである。自分たちを養うために大学進学を断念した雅紀のことが、頭にこびりついているのに違いない。

滑り止めで受験しても意味がない。それは、受かっても行かないことは明白なのに、受験するだけ金と時間の無駄だと思っているのだろう。

受験するには金がいる。受かっても、とりあえずは一時金を払う。その金は、本命が合格したからといって返金されるわけではない。

数年前は雅紀も受験生だったから、そこらへんのことはよくわかっている。受験というものは、思った以上に金がかかるものなのだということを。そして、高校に通うには年間どのくらいの金が必要であるのかも。

高校受験でまずは学歴社会の洗礼を受け、大学受験で格差社会を実感するのだ。

当時、堂森《どうもり》の祖父母にも加門《かもん》の祖父母にも、口を酸っぱくして言われた。奨学金でもなんでも借りて、大学に行けと。高卒と大卒では出発点から格差があるのだからと。

モロモロの学費は奨学金でまかなえても、日々の生活費は別である。自分のことだけ考えていればいいのなら、バイトを掛け持ちすれば何とかなるかもしれない。だが、弟たちも込みでとなると絶対に無理。

家庭事情がこうなる前は、高校を卒業したら大学に行って剣道の大学チャンピオンになり、社会人になったら全日本の頂点を目指す。将来の目標はそれなりに明確だったが、予定は未定……の格言通り、雅紀の現実は厳しいものだった。

しかし。雅紀は、そのときはもうプロのモデルで食っていくと決めていたので、祖父母たちが何を言っても大学に進学する気はなかった。

雅紀としては、自分が大学を断念したこと＝家族の犠牲になったことではないが。当時のやりとりを見聞きしていただろう尚人には、その事実が相当に重かったに違いない。

もちろん。雅紀は尚人を中学浪人などさせる気はなかったので、もし万が一、公立が駄目だったときには私立に行かせたいと思っていた。しかし、どうやら、尚人の実力は雅紀が思っていた以上にあるらしい。

普段は、自分の意志を前面に押し出して論理でねじ伏せることなど滅多にない尚人が、ここまで言うのだからそれなりの勝算《自信》はあるのだろう。

だったら、それでいい。横から、よけいな口を出す必要もないように思えた。

自分の人生を決めることができるのは、自分自身だ。誰も、人生の肩代わりなどしてくれない。だったら、自己責任。それしかないのだと思った。

三者面談が終わって。やはり、うんざりするほどクソ暑い道を雅紀は尚人の歩調に合わせてゆっくりと歩いた。

だが。肩を並べても、やはり二人の間に会話はなかった。

来たときと同じ道を、無言のまま、同じように帰る。ときおり、傍《かたわ》らの尚人をチラ見しながら。

襟《えり》足から首筋に流れる汗の滴が、太陽にキラリと光る。

（ホント。日に焼けても赤くなるだけで、すぐに戻っちゃうよな）

まだほんの子どもの頃から、まるで変わっていない。

さすがに、太陽が殺人光線のごとくギラギラ照りつける下では、邪《よこしま》な妄想をする気にもなれなかったが。

§§§

その日。

麻木教諭との面談を終えて家に戻ってくると。尚人はまだ、学校から帰ってきていなかった。翔南高校では週によっては土曜日も授業がある。というより、土曜日休みは月イチである。大学進学率ほぼ百パーセントを誇る進学校は、ゆとり教育など眼中にないのだ。

朝、雅紀がダイニングキッチンに顔を出したときには、すでに尚人はいなかった。それでも、いつものように雅紀と裕太の朝食はしっかり作ってあった。どんなときにも手抜きをしないのが、いかにも尚人らしかった。

「ナオは、まだみたいだな」

帰ってくるのが、ちょっと遅すぎるのではないだろうか。

「今日は、みんなで昼メシ食って帰るって、さっき連絡があった」

とたん。雅紀の眉根《まゆね》がわずかに寄った。

(俺が、家にいるのに?)

不快感にも似た気分が込み上げる。

すると。すかさず。

「雅紀にーちゃん、顔がキモイ。つーか、ナオちゃんのクラスメートにまで妬《や》くなよ」

裕太に言われてしまった。

そんな露骨だっただろうか? ——と反省するよりも先に、裕太に見抜かれていたことにムカつく。

「それより、学校のほう、なんだって?」

裕太が珍しくも雅紀の帰りを待ち構えていたのは、どうやらそれが目的らしい。

ちょっと、意外だった。裕太の口からそんな言葉が出るとは。

麻木が電話をかけてきても、裕太はずっと部屋に引きこもり状態だったし。過去も、一度も自分からそんなことを話題にしたこともない。

「なんだ? 興味あるのか?」

茶化すことなく、雅紀は口にした。

「興味っつーか、なんで今回はいつもと違うんだろうって思って」

「ぶっちゃけて言えば。おまえが復学する気があるのかないのか、学校側として最後の意思確認ってとこ?」

裕太は投げやりに言った。

「今更?」

「学籍上、おまえは中三の受験生だからな。学校側としても、それなりに対処を求められてるんじゃないか?」

つまりは、そういうことだ。

なんと言っても、義務教育ではあるし。すべてにおいて自己責任の高校生と違って、卒業するまでにはそれなりの責任がある。

——らしい。

不登校にも、いろいろ理由がある。単にクラスに馴染めないとか、事情があって行きたくても行けないとか、イジメが原因とか。または、裕太のように自分から殻に閉じこもってしまうとか。何か問題を抱えていて学校には行きたくないが、中には自宅学習やフリースクールに通うことで勉学に意欲を持ち続けている者もいる。

裕太に、そういう意味での意欲があるのか、否か。そもそも学力的にはどうなのか。

麻木は単刀直入に、それを口にした。ここまで来たら、どういう聞き方をされても同じだが。

今はスクリーニング制を導入している高校もあるし、インターネットを利用した通信制もある。選択肢もそれなりに増えた。その点、裕太的にはどうなのだろうかと。

麻木は、そのためのパンフレットもいろいろ揃えておいてくれた。本当にありがたいことである。

だが。今、この場で『こうです』とは言えないのが正直なところなので、一応、裕太とも真剣に話し合ってみると麻木には言っておいた。さすがに、

——十一月の修学旅行はどうされますか?

それを聞かれたときには、正直面喰らったが。

「ついでのオマケで修学旅行に参加するかどうかも聞かれたから、おまえは不参加って言っておいたぞ」

「——は?」

何、それ?

——とでも言いたげな裕太の頭には修学旅行の『し』の字もなかったに違いない。

「マジで聞かれたわけ?」

「あー、いくら不登校だからって、担任が勝手に不参加って決めるわけにはいかないそうだ」

「そう……なんだ?」

まぁ、常識的に考えて、実際に不登校者がそういうイベントのときだけ参加するなんてあり得ない現状だとは思うが。

もし、万が一、そんなことがありえたとしても、クラスメートだって扱いに困るだけだろう。

「それで、聞いときたいんだけど」

「何を?」

「おまえ、マジな話、高校に行く気とかあるわけ？」

とたん、裕太は黙り込んだ。

今は建前上、就活での学歴差別はしない――などと言われているが、現実は違うに決まっている。

モデル業界では実力がすべてで、基本、学歴など関係ないが。それでも、最終学歴でしか人を見ない連中もいる。

出身大学をひけらかす奴も肩書きで人を見下すような奴も最低だが、いまだ学歴社会なのは否めない。

雅紀は高卒だが、このままだと裕太は中卒である。しかも、その実体は小卒。

すべては自己責任――が基本の雅紀にそこらへんのこだわりはないが、本人的にはどう思っているのか。

「勉強したいからパソコンを買ってくれって、おまえは言ったけど。そこらへん、どうなってる？」

「パソコンはそれなりに扱えるようになった」

独学にしては上出来だ。まぁ、それだけの時間は腐るほどあるのだから、当然と言えば当然だが。

「ンで、勉強もやってる。つっても、ナオちゃんの昔の教科書だけど」

「中学のやつか？」

「今、一年の分」

(亀の歩みでも、やろうとする気力と努力はあるわけだ)

「だから、高校なんて、まだ遠い先の話」

それを口にする裕太には、自分を卑下した含みなどどこにもない。客観的に見て、それが今の実力だと自分なりに納得しているからだろう。

「高卒でなくても、大学検定はある。まっ、息切れしないように頑張れ」

それは、裕太の本気を少しだけ垣間見《かいまみ》た雅紀からの素直なエールであった。

すると。裕太はビミョーな顔をした。

「——なに?」

「雅紀にーちゃんに嫌味なく頑張れとか言われると、なんか、違和感バリバリ」

(それって失礼すぎだろ)

本音で思う雅紀であった。

聞くことさえ聞いてしまえば、それで満足したのか。裕太は、さっさと自分の部屋に戻っていった。

雅紀はとりあえず、冷蔵庫からミネラルウオーターのボトルを取り出してグラスに注ぐ。帰ってすぐに裕太に質問攻めにされたので、水分補給もままならなかった。

そのまま、ゴクゴクと一気に飲み干す。

そして。

(そういや、弓削……小沢先生の顔は見なかったよな)

今更のように思う。

ざわつく職員室で、一番目につくはずの『西中の魔女』の顔は見当たらなかった。

(さすがに、どっかの中学に移動になったとか?)

ふと、それを思い。

(まっ、別にどうでもいいけど)

グラスを洗って伏せる。

とたんに、手持ち無沙汰になったような気がして。雅紀は、携帯電話を取り出して尚人にメールした。

【今、西中から戻ってきた。今日の晩飯に必要な物があったら、これからスーパーまで行ってくるけど?】

すると。折り返しですぐに着信が入った。

【お帰りなさい。俺もこれから帰るから。まーちゃんが車を出してくれるのなら、俺も一緒に行きたい。待ってて】

瞬間。雅紀の相好が崩れた。

裕太がその場にいたら、きっと。

『雅紀にーちゃん、露骨すぎ』

ブスリと口にしたに違いない。

【了解。遅くなってもちゃんと待ってるから、自転車で飛ばしすぎるなよ?】

メールを打つ手が軽い。

【はーい】

即レスは尚人の生声付きで聞こえた。頭が腐ってる……かもしれない。

それでも。まったくぜんぜん構わないほどには、すっかり上機嫌な雅紀であった。

Niju-Rasen Gaiden

Nesshisen

# 睦言

午後十時少し前。

一週間ぶりに我が家に戻ってきた雅紀《まさき》は、電子錠で玄関ドアを開けると真っ直ぐに一階にある尚人《なおと》の部屋に向かった。

リビングもダイニングキッチンも、すでに照明が落ちている。この時間帯ならば、尚人は自室で勉強中だろう。そう思ったからだ。

ドアを軽くノックして、返事も待たずに開ける。それも、いつものことであった。

「ナオ、帰ったぞ」

——が。いつもはどこにいても満面の笑みと、

『お帰りなさい、雅紀兄さん』

柔らかな口調で出迎えてくれるはずの尚人は、いなかった。

(……なんで?)

とたんに、気が抜けた。

思わぬ肩透かし?

——違う。あからさまな落胆だった。

(俺が帰ってきたのに、なんで、ちゃんといないんだ?)

それも、エゴ丸出しの。帰ってきたら、まずは一番最初に尚人の顔が見たい。それしか頭にな

かったからだ。

本当は、もっと早く帰ってくるはずだった。予定では、午後の四時頃には家に帰り着いているはずであった。

ところが。急な打ち合わせが入って、結局、こんな時間になった。

今日は久々に尚人の手料理が腹いっぱい食える……と思っていたのに。夕食には間に合いそうにないからと断りのメールを入れる指が、無念で震えた。なんの誇張もない、事実である。

そのとき。

「まーちゃん？」

背後で声がした。

振り返ると、パジャマ姿でわずかに双眸《そうぼう》を瞠《みは》ったままの尚人がいた。

（なんだ。風呂だったのか）

じっくり考えてみなくても、尚人が部屋にいない理由はそれしかないわけで。

（俺って……バカ丸出し？）

どんよりとため息がこぼれた。

「お帰りなさい」

尚人はパタパタとスリッパの音を響かせて歩み寄ってきた。

そのとき。

嗅《か》ぎ慣れないアロマの香りがフワッと鼻腔《びこう》をくすぐった。

「ゴメンね、まーちゃん。もっと遅いかと思って、先に風呂に入ってた」

やはり、香りの元は尚人だ。

「なに？　入浴剤、替えたのか？」

それしか、思いつかなくて。最近の尚人のお気に入りは、スッキリしたグリーン系だったはずだが。

「え？　あ……そう。いつものがなかったから。なんか……変？」

ほんの目と鼻の先で、ほんのりとアロマ色に染まった尚人がわずかに小首を傾《かし》げる。

「……いや」

変じゃない。かえって、いつもとは違う匂いにひどく——そそられた。

「お腹、空いてない？　お茶漬けでも、作ろうか？」

上目遣いに雅紀の目を覗《のぞ》き込む。

(そういや、晩飯もロクに食ってなかったよな)

言われて、思い出す。

長引いた打ち合わせが終わった後に、軽食《サンドイッチ》を摘んだだけだった。市川《いちかわ》はどこかで遅めの夕食をしようと気を遣ってくれたが、それより、雅紀はすぐにでも家に帰りたかったので断ったのだった。

それも、これも。早く尚人の顔が見たかったから。ただそれだけの理由で。

尚人が足りない。

尚人に餓えている。

シンプルと言うよりはむしろ、切実感のほうが勝った。

だから。雅紀は尚人の耳元に口を寄せて、囁《ささや》いた。

「今は茶漬けより、おまえを喰いたい気分」

とたん。

「……ッ！」

ヒクリと言葉を呑《の》んで、尚人は耳の先まで真っ赤になってしまった。

雅紀とはもう数え切れないほどセックスをしているというのに、相変わらずこの手の話になると反応がウブい。

（可愛《かわい》いなぁ、ナオ）

情事の最中であれば自分から昂《たか》ぶり上がったモノを押しつけて『して』とねだることすらあるのに、こういう睦言《むつごと》にはいまだに慣れないらしい。それが意図的なあざとさなど微塵《みじん》もない素のままなので、ごく自然に雅紀の口元も綻《ほころ》ぶのだった。

「すっごく喰いたいんだけど。今すぐ、喰って……いい？」

声に、抑えきれない情欲を滲《にじ》ませてなおも囁くと。尚人は、耳の赤さも取れないままにコクリと頷《うなず》いた。

部屋に入るなり背後からギュッと抱きしめられて、尚人は心臓がドキドキになった。

「ん〜〜ッ。一週間ぶりの、ナオの匂いだ」

肩口に顔を埋めて、雅紀が囁く。

(それって、俺のじゃなくて入浴剤の匂いだと思うけど？)

たぶん、それで間違いないとは思いつつも。雅紀の柔らかな髪が首筋にかかって、ドキドキがバクバクになった。

一週間ぶりに雅紀が帰ってきて、風呂から上がったとたんにいきなりこういう展開になるとは思わなかった。

いや——頭の片隅では、少しは期待していたかもしれない。なんといっても、一週間ぶりなのだ。

雅紀とこんな関係になるまでは、尚人は自慰すらロクにしたことがなかった。なのに、今は……。

雅紀とセックスをして日が経つと、自然に身体が重くなる。下腹に微熱が溜《た》まって、怠《だる》くなる。すると、なんだか頭の回転まで鈍くなるような気がした。

普段はそんなことばかり考えているわけではないのに、夜、いつものように雅紀の電話がかかってきたあとは淋しくなる。雅紀が帰ってくるのが待ち遠しくてたまらなくなるのだった。

けれど。

たとえ雅紀がそばにいたとしても、自分から『抱いて』なんて、とても言えない。

したくても、言えない。

したいけど——言えない。

第一、どういうふうに雅紀に言えばいいのか。どうやって雅紀を誘えばいいのかすら、わからない。

だから。雅紀から手を伸ばしてくれるのを待っている。雅紀が『したい』と言い出すのを、待っている。雅紀がしてくれるのを、待っている。

そんな、ただ待っているだけの自分が、なんだかもの凄《すご》く厚かましい人間のように思えて。ときどき、尚人は自己嫌悪を覚えてしまうのだった。


抱きしめて、キスをする。

最初は軽く唇を啄《ついば》むだけのバードキス。尚人が好きなのは、優しくて甘くて穏やかなキスだからだ。

強姦《ごうかん》してその傷跡も癒《い》えないままに肉体関係を無理強いしてきたツケは……重い。そのときの誤解が解けてちゃんと想いが通じ合っても、セックスに関する限り、依然として雅紀はそのときのツケを払い続けている。

もう絶対に、同じことは繰り返さない。そう、固く心に決めているからだ。

どんなに尚人に餓えていても、いきなりガッついて下劣な野獣《ケダモノ》になったりはしない。

だから。いつでも、とびきり優しくて甘いキスから始める。

髪をゆったりまさぐって、梳《す》いて、撫《な》でながら。唇を啄み、鼻の頭に軽く触れて、瞼《まぶた》に唇を落として、額に想いを込めたキスをする。

以前と比べればはるかにマシになったとはいえ、何がきっかけになって尚人のトラウマがフラッシュバックするかわからないと思うと、それが怖くてショートカットする気にはなれなかった。

そうやって、尚人の身体の強《こわ》ばりが抜けて芯《しん》が緩んでくると。

——大丈夫。

耳たぶを食《は》んで。

——怖くない。

鎖骨にキスを落とし。

——気持ちよくなるだけ。

喉《のど》の小さな尖《とが》りを舐《な》め上げる。

いつものように。

そして。尚人の口から喘《あえ》ぎにも似た密やかな吐息がこぼれ落ちると、雅紀は、組み敷いたしなやかな身体を強く抱きしめた。

愛しさが止まらない。

その想いが込み上げて、溢《あふ》れ出て……止まらなくなる。

今、こうしていられることが決して棚ぼた式に落ちてきた幸運などではないことを、雅紀は知っている。

だから、抱きしめる。想いの丈を込めて。

この腕の中にあるものは、妄想じゃない。

この温もりは、ただの記憶違いじゃない。

今ここにこうして在るのは、決して事実のすり替えなどではない。

それを確信できることが、雅紀にとっては無上の喜びだった。


細く肉付きが薄いだけの自分と比べることすら虚しくなるほど均整の取れた雅紀の体軀《たいく》は、しなやかな黄金率だった。

皆が、カリスマモデルと称賛する。

誰もかれもが、その美貌《びぼう》に息を呑む。

男も女も、視線ひとつで悩殺される。

そんな雅紀に全裸で組み敷かれたまま、キスを貪《むさぼ》られる。唇の角度を変えて、ディープなキスを貪られるたびに鼓動がドクドクと逸《はや》った。歯列を割って差し込まれた舌で上顎《うわあご》をまさぐられると、脇腹がゾクゾクした。

その上、何ひとつ遮《さえぎ》る物のない無防備な股間《こかん》をグリグリと膝頭《ひざ》で刺激されて、尚人の身体は芯から熱くなった。

息が上がる。

瞼の裏に赤い紗《しゃ》がかかる。

現実感が薄れていくのに、頭の芯だけがジクジクと疼《うず》いた。

好きなだけキスを貪られて、口角からは飲み込めなかった唾液《だえき》がねっとりと糸を引いてこぼれ落ちる。『ンチュッ』と卑猥《ひわい》な水音が頭の中で響く。それでようやく唇が外れたときには、尚人の顔は紅潮しきって喘ぎも絶え絶えだった。

そんな尚人の耳たぶをねぶりながら、雅紀が言った。

「ナオ。俺との約束、ちゃんと守ってる?」

肩で喘ぎを噛《か》み殺しながら、尚人はコクコクと頷く。

「ウソだったら、お仕置きだぞ?」

「して……ない。オナニ……して……ない」

「ンじゃ。どうして、ナオのここ……」

雅紀は膝頭でグイと尚人の双珠を押し上げた。

その刺激に、尚人の喉が『ひん』と鳴った。

「なんで、いつもみたいにヌレヌレになっちゃわないんだろうな」

仕事で家を空ける前には、いつも、雅紀は尚人の精液を搾《しぼ》り取る。ミルクタンクが空になるまで。尚人の学校がある日と重なるときにはセックスにもそれなりにセーブがかかるが、その代わり、

『ヤだ……まーちゃん……。も……出ない。出ないから……』

尚人が涙声を漏《も》らすまで扱《しご》き上げてやる。手で、口で、舌で。

張ったエラを撫で、裏筋をなぞり、先端の切れ目を剝《む》き出しに弄《いじ》ってやる。プックリとした秘肉が熟れて充血するまで、指で擦《こす》り、爪の先で弾いて、尖らせた舌先でほじってやる。

顔を歪《ゆが》ませて『出ない』と口走る尚人よりも、快感に慣れた身体のほうがずいぶんと素直だった。

一週間ぶりなのだ。いつもはキスをするだけでペニスは硬く反り返り、先走りの蜜《みつ》でヌレヌレになる。

——なのに。

雅紀の太腿《ふともも》に密着したモノは、半勃起《はんぼっき》のままだった。

「いつもと違うだろ。……どうして?」

囁きながら、膝頭で嬲《なぶ》ることをやめない。

尚人はぎくしゃくと身じろいで足を閉じようとしたが、それもただの虚しい足掻《あが》きにすぎなかった。

「してな……い。してない……から……」

あくまで認めようとしない尚人に。

「――ナぉオ?」

それまではたっぷり甘いだけだった雅紀の声音《トーン》が、低く落ちた。

「して…ない……。漏れちゃった……だけ」

ハグハグと喘いで尚人が口走る。

雅紀はのっそりと顔を上げて、真上から尚人を見据《みす》えた。

すると。

「オナニ……してない、けど。漏らしちゃった。朝、起きたら……パンツがグチョグチョになってた」

「夢精……したって?」

寝小便でなければ、それしかない。

尚人は赤らめた顔で、コクコクと頷いた。

それは、雅紀にとっても、予想外……だった。

「いつ?」

「……昨日の朝」

声を萎《しぼ》ませて、尚人が唇を歪ませる。

「なんで?」

「まーちゃんと……する夢見ちゃったから」

尚人の声は、ますます小さくなる。

「前の夜、まーちゃんの声聞いたとき、なんか急に下腹が張って……。いつも、そんなことないんだけど。でも、まーちゃんの声が……」

外面用——というか、カリスマモデルとしての『MASAKI』は冷然とした顔つきだけでなく、その声のトーンも硬質なダイヤモンドであったが。家では、それが反転する。

普段が普段だから、艶《つや》のあるテノールは恥骨を直撃するほどの威力があった。それに、雅紀は知らないだろうが受話器越しの声は更に甘くなって鼓膜どころか脳味噌《のうみそ》をトロトロにしてしまう。

「なに？　俺の声を聴いただけで欲情した？」

「……ゴメン……なさい」

シュンと萎《しお》れてしまった尚人とは逆に、
雅紀は片頬《ほお》のニヤツキが止まらなくなった。

「へぇー……。そうなんだ？」

(電話口の俺に催したって？)

妄想してジレンマに身を捩《よじ》るのは、雅紀にとっては悪慣れした日常であった。

尚人の快感の根を掘り起こし、愉悦の種を植え付けたのは雅紀だ。だが、それはあくまで雅紀との情交中の発芽であって、むしろ、普段の尚人は淡泊すぎるのではないかとさえ思っていた。

みっともなく、浅ましく、いつでもエゴ丸出しでガッついているのは自分だけだと。

けれど。淡泊すぎると思っていた尚人でも、そういう余裕がなくなっているのだと知って、なんだかホッと……いや、嬉《うれ》しくなってしまった。

言葉だけじゃない。

ちゃんと。

きちんと。

自分の想いは届いている――のだと。

「でも、俺……ちゃんと我慢したんだよ？　まーちゃんにしてもらいたいから……。あの……その……まーちゃんとしたいから」

しどろもどろになって、尚人は言い募る。

「だから、俺……」

そんな尚人の口を、雅紀はキスで塞《ふさ》いだ。

（大丈夫。ちゃんとわかったから。おまえが、俺のことをどれだけ好きかってことが）

一方通行ではない情愛の重さと深さ。それが、明日へのささやかな幸せになっていく喜び。

とびきり甘い口づけで尚人を黙らせて、雅紀は極上の笑みを唇に刷《は》いた。

「せっかく、ナオのミルクを搾り取ってやろうと思ってたのに、漏らしちゃったんならしょうがない。だったら、代わりに、ナオの好きなところいっぱい舐めて、嚙んで、吸ってやる」

言いながら、雅紀は人差し指を尚人の唇に当て、顎から喉元へと、ことさらゆっくり滑らせた。

「ここがいい？」

クルリと円を描くように左の乳首を押し潰《つぶ》し。

「それとも、こっち？」

ついでに、まだ芯もできていない右の乳暈《にゅううん》をギュッと摘んだ。

「……っん」

とたんに、尚人がスンと鼻を鳴らした。

「あー……違うか」

雅紀の指は滑る。尚人の臍《へそ》を目指して。

「ナオの乳首はタマを揉まれないと尖らないから、まだ弄ってもやれない。そうだろ？」

尚人はキュッと唇を嚙んで目を逸《そ》らす。雅紀の言葉を肯定するというよりは、雅紀の指がもたらす快感をはぐらかすように。

「ここは、どうかな？」

縦長に切れ込んだ臍に指を潜り込ませると。

「…ゃ……ン」

尚人が声を上げて固まった。臍も尚人の性感帯だと知っている。内臓に直結しているからだろう。弄られると、ピリピリに感じてしまうのだ。

「ここは、あとで舐めてやろうな」

そう。唾液が溜まるほどたっぷり舐めて、吸ってやる。

雅紀の指は緩やかにヒクヒクとのたうつ下腹を滑って、股間に辿《たど》り着く。

「でも、ナオが一番弄って欲しいのは、ここだろ？」

さして濃くはない陰毛を掌《てのひら》で撫でながら、袋ごとペニスを鷲掴《わしづか》みにする。

ヒクリと喉を震わせる尚人の素直な反応が楽しい。

「まずは、タマかな？」

本当ならいっぱいにミルクが溜まっているはずの双珠に、いつもの重量感はない。それが、少しだけ不満だ。

ここをたっぷり弄ってやるだけで、ペニスはしなる。タマを揉み込むだけでは射精できないから、どんなに硬くしなっても、尚人のペニスはタラタラと蜜をこぼし続けるだけだった。

たとえ悪趣味と言われても、泣きそうに顔を歪めて腰を捩り、喘ぎの音を漏らす尚人のこぼれ落ちる蜜を舐め取ってやるのが雅紀は好きだった。

「ほら、ナオ。好きなだけ揉んでやるから、足、開いて」

ぎくしゃくと尚人が足を開くと。雅紀は膝頭を摑んで、もっと足を開かせる。とっさに閉じようとした足に両肘《りょうひじ》を乗せて固定すると、肉付きの薄い太腿がわずかに引き攣《つ》れた。

言葉遊びは、ここまでだ。それを思い、雅紀は尚人の股間に顔を埋めた。


下腹が熱をもってジクジクと疼く。

剝き出しになった股間に顔を埋めた雅紀が、片方のタマを食んでいる。クチュクチュと、淫《みだ》らな音を響かせて。まるで、夢精をしてしまった尚人に罰を与えているかのように。

尚人は、そんなふうにタマをしゃぶられるのがあまり好きではなかった。ときおり歯を立てられると、タマが潰れてしまうのではないかと本気で怖くなるからだ。

思わず下腹に力を込めて身を捩ろうとしても、股間に埋めた雅紀の頭は揺らぎもしなかった。それどころか。じっとしていろとばかりにもう片方のタマを指でピシッと弾かれて股間にピリピリとした電流が走り、尚人はとっさに指を噛んで呻《うめ》き声を殺した。

弾かれたタマは先ほどまで念入りにしゃぶられていたせいか、刺激に過敏で、雅紀に指で摘まれただけでヒリヒリと疼いた。

——違う。

ジンジンと疼いているのはタマよりも乳首だ。

タマをグニグニと指で弄られて、舌で転がされて、喉奥で吸われて、痛いほど乳首が尖るのがわかった。

痛い。

……痛い。

…………痛い。

尖って、芯ができるまで乳首は吸ってもらえない。噛んでもらえない。

雅紀に、乳首を弄って欲しい。

噛んで、吸って欲しい。

それを思うと、放っておかれたままのペニスが次第にカチカチになるのがわかった。


たっぷり舐めて。

思うさま弄って。

夢精して漏らした蜜の残滓《ざんし》を、すべて——吐き出させる。

そうやってグダグダのズクズクになってしまった尚人をうつ伏せにして、膝立ちをさせる。ガクガクした足が頽《たお》れてしまわないように、雅紀は胡座《あぐら》をかいて尚人の膝を支えた。

臀《しり》たぶを摑んで、可憐な秘孔を剝き出しにする。

ためらいもなく舌を伸ばして、窄《すぼ》まりを舐める。

すると。秘孔がヒクリと蠢《うごめ》いた。

たっぷりした唾液を乗せて、雅紀は舐める。何度も、何度も。秘孔の皺《しわ》を舌で伸ばすように。

窄まりがヒクヒクと蠢くたびに、雅紀は尖らせた舌先でチロチロと舐め上げた。そこが潤んでわずかに解れてくると、指を一本ツプリと突き入れた。

指を一本呑ませるだけでもキツイ。そこを押し広げるように、二本、三本と増やしていく。

そのたびに、尚人の腰が半ば無意識にヒクリと撥れた。圧迫感と異物感はどうやっても消えないからだろう。

ぎっちりと指を銜《くわ》え込んだ粘膜を傷つけないように三本を束にして捻《ひね》る。右に、左に。ゆっくりと、じっくりと慣らす。そうして、深く、浅く、抜き差しする。

それでも、完全勃起した雅紀の屹立《きつりつ》を呑み込むには尚人の後孔は可憐すぎたが。すでに雅紀も限界だった。

最初はゆっくりと差し込んで、尚人の呼気がある程度整うまで待って、あとはリズムを取りながら一気に捻り込んだ。

「うぅぅぅッ」

受け止める尚人も辛《つら》いだろうが、中途半端なままでは雅紀も辛い。

雅紀のすべてを収めてしまうと、尚人はハグハグと胸を喘がせた。

「大丈夫か?」

雅紀の問いかけに答えることさえ辛いのか、尚人はぎくしゃくと雅紀の腕を摑んでコクリと頷いた。

しっかり抱き合って、ひとつに繋《つな》がる。

『まーちゃんの顔が見えないと怖い』

それが尚人のこだわりだった。

「声、噛まなくていいから」

雅紀が尚人の髪を撫でて、囁く。

雅紀がゆったりと腰を入れると。

「んんッ……ぁぁぁ」

尚人の喘ぎが灼《や》けた。

「はっ、はっ……ヤッ……ぁぁぁぁッ」

次第にきつく抽送を繰り返すたび、尚人の眉間《みけん》がきつく歪んだ。

噛んでも、殺しても、喘ぎは止まらない。

ジンジン疼いて。

ズクズクにとろけて。

雅紀が眉間を歪めてひとつ大きく胴震いをすると同時に。

「くっ……ぅぅぅぅッ」

尚人は絶頂感で背中をしならせた。


腕の中の尚人は寝息も立てずに熟睡している。いや……熟睡というよりはむしろ、すっかり疲れきっての爆睡だろうか。

腕にかかる重みが、気持ちいい。そう思えるのも、情事のあとのささやかな幸せというやつかもしれない。

相変わらず、眠っているときの尚人はいつもよりも幼く見える。それが雅紀の庇護《ひご》欲……いや、情欲を掻き立てる。

プックリとした唇がいつもよりも赤みが差しているように感じるのは、キスをしすぎたせいかもしれない。

ディープなキスを貪り尽くす。それは、尚人を喰ってしまいたいほど好きすぎてどうにもならないということにも等しいが。

一週間ぶりだと思うと箍《たが》が外れてしまった。それも、ある。——が、一番の元凶は尚人の可愛らしさを再発見してしまったことだ。

雅紀としたくてたまらないのを我慢して、夢精する。自慰を禁じて性的に尚人を支配するという歪んだ欲望が思わぬ形で満たされた喜びで、雅紀はひっそりと笑う。

(ホント、おまえは可愛いよ)

雅紀は、額に落ちかかる柔らかな尚人の髪を梳《す》いてそっと口づける。

一度では足りなくて、二度、三度と。それでも、尚人は身じろぐ気配もない。

(やっぱ、爆睡だな)

尚人の髪を更にまさぐりながら、クスクスと雅紀は喉で笑う。そんなふうに笑える自分が、気持ちいい。

満ち足りた気分というのは、たぶん、こういうことをいうのだろう。無条件にそれを与えてくれる希有な存在が、腕の中にある。

いつも何かに餓えて、埋まらない喪失感に怯えて、自虐《じぎゃく》と自嘲の果てに苛々としていた自分はもういない。それが、本音で実感できる。尚人という最愛が得られたからだ。

(可愛すぎて、どうにかなっちまいそう)

心底、そう思う。

(俺は、おまえにだけしか発情しないケダモノになっちまったから)

それを悔いてもいないが。ともすれば、行きすぎた独占欲というエゴ丸出しな愛情が更に暴走しそうになる。

それでも、尚人はきっと受け止めてくれるのだろう。

雅紀は腕の中の心地よい重みを抱きしめ、そっと息をついた。自分の還ってくるべきところはここにある。それを嚙み締めながら。

# あとがき

こんにちは。

まさか、徳間書店さんでこういう版形のあとがきを書くことになろうとは……。しかも、予定通りに間に合って。これって、いろんな意味でまさに奇跡？（笑）

いやいや、正しくは、各方面に多大なご迷惑をかけまくって申し訳ございません［土下座］。というのが今の心境なのですが。

なんか、もう、このあとがきを書いている時点でヘロヘロのヨレヨレです。このページをどうやって埋めようかと、それすらもがすでにストレス？　雅紀にならば、

「それって、ただの自業自得だろ」

冷たいツッコミが入るところでしょうが。

さて。今回は『二重螺旋』番外編ということで、いつもとは違うショートストーリー四編で構成されております。

本編とはまったく別バージョンというのではなく、本編の時間軸に沿った雅紀の回想編という形です。

『追憶』編は六巻の「業火顕乱」で登場した従兄弟たちとの話をというよりは、雅紀って小学生時代から尚君一筋だったのねぇ……みたいな話が書きたくて。ついでのオマケで、自分的には慶

輔が本当は自分の子どもたちのことをどう思っていたんだろう……というさわりが書けてよかったです。

『邂逅《かいこう》』編では、加々美と雅紀の出会いをきっちり書いてみたくて。だって、こういう機会でもなければ絶対に書けないでしょうから。意外にお茶目な加々美さんというのが書いていて楽しかったです。

『視姦《しかん》』編では、絶対に越えてはならない一線をギリギリで踏みとどまっている雅紀の苦悩を。自分をこんな気持ちにさせる弟が悪いッ！　——とか。人間って、余裕がなくなると責任転嫁をしたくなるものですし。

『睦言《むつごと》』編は、まぁ、読んで字のごとし……です。完全なるピロートークには、まだまだ時間はかかりそうですが。

いつもとは違う四編をお楽しみいただければ幸いです。

最後の最後になってしまいましたが。円陣闇丸《えんじんやみまる》様、今回も華麗なイラストをありがとうございました。

それではまた。本編でお会いできることを祈って。

平成二十四年六月　　　　吉原理恵子《よしはらりえこ》

＊本書は書き下ろしです。
＊この作品は、フィクションです。
実在の人物・団体・事件などにはいっさい関係ありません。

Niju-Rasen Gaiden
Nesshisen

灼視線
二重螺旋外伝

著者　吉原理恵子

2012年6月30日　初刷

発行者　川田　修
発行所　株式会社徳間書店
〒105-8055　東京都港区芝大門2-2-1
電　話　048-451-5960(販売)
03-5403-4348(編集)
振　替　00140-0-44392

本文印刷　株式会社廣済堂
カバー・口絵印刷　近代美術株式会社
製　本　ナショナル製本協同組合

装　丁　百足屋ユウコ（ムシカゴグラフィクス）


ISBN978-4-19-863425-4